re lire
重光

书写而世界　阅读以介入

夜 行 者

从 荆 轲 到 铸 剑

何大草 著

上海社会科学院出版社
SHANGHAI ACADEMY OF SOCIAL SCIENCES PRESS

目　录

一日长于百年

一

每年到了四月四日的晚上，卞先生就会蜷在沙发上，等着看一档他期待中的电视节目。

卞先生曾经是一个少校。当他还是一个少校的时候，他是有固定的姓名的，但不一定是姓卞。他所从事的绝密行业，决定了他需要更换很多姓氏，卞只是其中之一罢了。"卞"同"变"谐音，变来变去，"卞"在他的秘密机构里，反而成了他最确切的代称。不过，他的下属从来不叫他"卞少校"或"卞长官"，而是称其"卞先生"。他官衔不高，却权势显赫，像他这样掌握生杀大权的人物，都喜欢一个文质彬彬的尊称。类似的例子很多，卞先生之上，还有老先生。老先生是卞先生的领袖，卞先生则是老先生的学生、爱将和追随者。后来，在若干年前的四月四日的雨中，少校消失了，他也就不称为"卞"了。

他姓了别的一个什么。我之所以说不明白，是因为他的姓氏从此和他的住所一样，又几经更改。现在，他隐居在这座城市的一条河流边上。河从前是护城河，跨过河就是郊野，望不到头的玉米林和蔬菜田。后来楼群漫过河去，护城河就成了城内观光的水道。但是有河的地方，就会有绿地，就有比别处更多的香樟、银杏和雪松。在喧腾的城市里，河滨总是保留着一些阴沉沉的冷漠。

他看起来仿佛一个隐士，而在他自己的心里，也许更像是一个躬耕田亩的农夫吧。多年前的秋天，他曾奉老先生之命，率领一个小组去执行暗杀任务。他们在翻越绵延的山丘时遇到了大雨，便躲入路边的一座破庙歇息。在弥勒殿烟火熏黑的西墙上，绘着一幅年代久远的壁画，壁画的中央是一个顶着草帽而行的人影，他似乎是要从壁画上走出来，而卞先生看出，他实际上却是要深深地隐进去。卞先生把这影子看了又看，长长地吁出一口气来。他觉得自己就很像这个模糊的影子，当他走出来的时候，也许是荷锄的乡下人，他操纵完别人的生死踱回去时，你才晓得他是多么强大呢。迄今卞先生都喜欢这样的感觉，隐而不显，瓜熟蒂落。

方便起见，我们还是叫他卞先生吧。卞先生住在河滨，同他的房子、窗台以及他秘不示人的往事生活在一起。他的门总是关闭的。他习惯于长久地伫立在窗台前眺望河上的风景。他已经很老了,大概快有一百岁了吧?他是一个很瘦小的老头子,弓腰驼背,却留下一张白净而光洁的脸。他的牙齿和胡子都掉光了,瘪着嘴看着什么东西时,更像一个慈祥的老奶奶。他看到的东西都很模糊,明亮的是天空,黑暗的是大地,天地之间那迷雾般的灰色就是建筑和道路。但卞先生的耳朵还好使,他能从嘈杂的音尘里分辨出水流的汩汩声。每晚他的睡眠都很浅,睡着了他也能察觉到蟑螂在碗橱内的爬行、月光在地板上的移动。不过,地板的开裂,或者汽车的鸣笛,都不会使他惊醒。只有等到天亮前,清洁工在窗外打扫落叶和纸屑的声音,才让他知道新的一天又来到了。长长的竹扫帚扫在落叶和纸屑上的声音,就跟密雨淋在树林上似的,这种感觉很湿润,也很安全。

噢,是的,卞先生需要安全。只有同自己待在一起的时候,他才觉得安全有了保障。雨雪、大风,会让来来往往的人们安静下来,也会让某个试图前来寻找他的人被阻滞在车站、码头。他不订阅报纸,世界的变化会使他的脑子混乱、不安。电视机每年只打开一次。房间里也没有安装电话,他不能忍受急促的铃声,不能忍受话筒里某个人压低嗓门对他说话。事实上,他已经没有任何需要联系的人了。

自从若干年前的四月四日以后，他就成了另外一个人，一个只需要同自己打交道的人。一九五六年的冬天，他曾去哈尔滨拜访一个做了职员的故交。那时候卞先生已经隐姓埋名好些年了。他确实需要找到一个人叙叙旧，他想他总不能对着墙壁说一辈子话吧。他敲开故交的门时，已近深夜。他以为会从故交的脸上看到惊喜，结果他看到的只有惊愕。而且，卞先生很容易就从这种惊愕中看到了恐惧和出卖。他很快就告辞了。临走前他请求上一次洗手间。在经过厨房时，他拧燃了煤气炉，又吹熄了火焰。他走到哈尔滨的街上，漫天风雪正在黑夜里飞舞。那些帝俄或苏俄风格的建筑在风雪中沉默着，特别像那些能够守住秘密的老人。第二天，卞先生在机场得到了故交全家死于煤气中毒的消息。他把那张报纸揉成一团，扔进了垃圾箱。此后，他再没有去找过任何一个旧人。

二

　　若干年前的那个四月四日，已经把从前的卞先生整个地埋葬了。那天上午九点三刻，安徽蚌埠的南郊阳光遍地。卞先生从一座深墙黑门的小院里走出来，在扈从们的簇拥下，钻进了一辆加长型的福特轿车。

福特是漆黑色的，在阳光下却呈现出异常华丽的宝蓝色。在即将跨入车门的时候，他转过身子，张开双臂反复地挥动了几下。那种感觉，就好像是在向成百上千的人告别。事实上，车门外，只站着他属下的一个组长和一个机要员。阳光和风拥入他的怀中。阳光带着一点干爽的香味，风则有着春月里新鲜的潮湿劲儿。这大概就是春天留给他的最深的记忆吧。福特的引擎很快就启动了，一分钟之后，它在阳光下向着南京驶去。车里连卞先生在内一共坐了五个人，前排是司机和警卫，卞先生坐在后排中间，左边是秘书，右边是一个长相粗俗但体格健壮的女特工。卞先生显得很疲惫，两眼红红的，脸上似乎多了些皱纹，一会儿的工夫，他就靠在女特工的肩上睡着了。穿过皖苏地界的一座小镇时，他们停下来喝了一次茶。卞先生说："很香，是明前茶。"再次上路，天上下起了雨水。四月间的雨淅淅沥沥地下着，没完没了。天空被雨幕遮蔽了，车轮碾过水凼时溅起大片大片的水花。爬上一脉浅丘，远远地就望见了长江，还有江那边的钟山和南京城。钟山和南京城烟云迷蒙。下坡时，福特忽然就像醉了酒，先是歪歪扭扭地脱离了路基，然后就猛烈地加了速，对着渡轮码头疯狂地冲过去。码头上站着一些撑油纸伞的人，还停着几乘轿子，渡轮破开江水，正从南岸慢吞吞地返回。司机把刹车踩到了底，但车子仍在飞奔。车里车外，众声惊呼，前轮几乎已经冲下了堤坝。司机没命地抢着方向盘，轮子尖锐地嘶叫着画出了几道弧线，雨水就跟泪珠一样粘贴在挡风玻璃上。司机说："×，随它去吧！"这一回，没有任何人再发出夸张的声音了。福特撞在一棵巨大的黄桷树上，树干瞬间折断，汽车却弹回来，又翻了一个滚，开始静静地燃烧起来。也许是天气太坏的缘故吧，火焰在压抑的气氛里燃烧得特别明亮。

沪宁两地的报纸都对事件作了特别报道，有目击者告诉记者，加长的福特封闭得严严实实，在雨中看起来犹如一口巨大的黑棺材。这更让人相信，卞先生是死在了一个定数里。在经过长时间的燃烧后，福特发生了沉闷的爆炸。就好像车的后备箱里堆满了油罐或炸药，爆炸声一声高过一声，掀起的气浪让码头上的人感到狂风呼啸，大树的枝叶哗啦啦乱叫。随后赶来的军警在出事地点只找到了福特的残骸和焦尸的碎片，还有三颗烧得变了形的金牙。最后，金牙被包在一块白帕子里呈放在了老先生的案头上。老先生把那三颗金牙看了又看，流下泪来。老先生说："这是他。"

然而卞先生并没有死。如果四月四日的事件出自卞先生的预谋，那么，他要处理一些技术性问题是非常容易的。了解卞先生的人都不会怀疑，他有办法在

6

福特出事之前脱离它，而不让人心生疑窦。

很多年以来，由卞先生担任首长的那个部门，就是以神秘著称的。老先生有什么棘手的事情，都交给卞先生去办。有一回，老先生要向上海青帮的黄先生显示天威不可测。卞先生就使了调包计，黄先生晚上同九姨太上了床，早晨醒来搂着的却是年过半百的粗使女仆。半个多月后，九姨太蓬头垢面地跑回来了，她哭哭啼啼，语无伦次，说自己好像是去了一趟新疆。那一次是把黄先生吓坏了。沪上的报纸都刊登了新闻，虽然舆论对老先生不利，但都把卞先生的人说得神乎其神，这倒是符合老先生的意思的。不过，这些都只能算是些小事情了。卞先生的首要工作，是替老先生铲除不纯分子。

一九四九年之后，卞先生曾经的一个下属出过一部回忆录，称卞先生用彻底的方式铲除的"不纯分子"有两千之多。卞先生听说过这本书，但他只是哼了一哼，什么也没有说。做这种事情，即便在从前，他也觉得是没有什么好说的。当年就有不少人给老先生递状子，说卞先生铲除的"不纯分子"中，有很多都是无辜者。但老先生把这些状子都压了下来。他说："卞是忠诚的，你们谁及得上他呢？"卞先生也就用不着为自己申辩了。他铲除了多少人，他没有记过数目。其中又有多少是冤枉的，和他也没有关系。这些事情，说到底，也真是没有什么好说的。

最后，卞先生以神秘的方式，把自己也给铲除了。

三

福特的残骸在雨中静静地燃烧着。由于是雨天，又隔着一条长江，负责营救的军警，还有闻风而动的记者，都没有看到福特被火焰烧烂烧透的情景。卞先生甚至就连轿车的碎片都没有见到。但是，在今后的多年里，这一团火焰时常都会浮现在他的视野中。他不再是少校、长官，不再姓卞，所以他有很多闲余的时间去面对这团火焰，并且在他的眼力越发不济之后，火焰的细节就变得更加丰满了，甚至火焰升起来舔着雨丝的嘶嘶声都能听到呢。

卞先生不是一个喜欢回忆旧事的人。现在他甚至想不起自己制造这起事件的动机了。他能看到的，就是那团火焰。这时候他会感到有点牙疼。他敲掉了三颗金牙，留在了福特的座位下。还敲掉了其余的牙齿，扔进了路边的草丛中。他的嘴瘪了，就像一个口齿含混的小老太太。他辗转跑到了北平，有两三年的时间，还真把自己装扮成了一个干净体面的老妇人，在西什库教堂附近租了一套房子，每天上教堂做礼拜。教堂里昏晦的灯光和坚固的墙体，使他感到自己和很多乱糟糟的东西隔开了。唱诗班唱歌的时候，他坐在后排垂头聆听。他听不出歌声是欢乐的还是悲伤的。听着听着，他就迷糊入睡了，歌声在他的睡眠里就成了南方的风声和雨声。

一九四九年，老先生死了，或者是远天远地地跑了，卞先生也从北平迁到了南京。这次南京之行，他已推迟了几年。这时候，江山已经易帜。他换上蓝布长衫，一个人去登了钟山。在灵谷寺后面，他见到了自己的坟茔，一堆土和一方碑。这块墓地是老先生亲自给他选的，傍着一口清亮的小水塘。卞先生久久地看着墓碑上凿刻的名字，觉得自己真的是死过一回了。

水塘映出天空和树木，还有卞先生蓝色的影子。在卞先生眼里，这个影子就是自己的鬼魂。他想："生活在阳间的鬼魂该就没有再死去的那一天了吧。"

卞先生幼年的时候就向往着得以不死。在他四川老家的门前，也有一口小水塘、一棵树，那是用功读书的好地方。但是卞先生对读书没有什么兴趣，十五岁以前他读完的只有一部《封神演义》。他最羡慕的人是会地行术的土行孙，他想："神出鬼没的家伙该是多么自由和幸福啊。"后来，他成了老先生属下秘密机构里一个行动部门的首长，他以为这和土行孙已经没有什么区别了。常人觉得不可能实现的事情，他都很从容地把它们做成了。于是，他相信他要做的事情都能做成，如果他想要不死，他也就可以永远地活下去。

有一次，他给一个组长签署了一份密杀令，被杀的共有七人，其中包括妇女和老人。办公桌油黑锃亮，他把那张纸一推，它就滑到了组长面前。组长忽然说了句玩笑话："把这些折掉的阳寿加给我们，够我们活几辈子了。"卞先生的心情一下子变得很坏，目光茫然地瞅着组长。组长很无趣地转身走掉了。带门的声音让卞先生悚然一惊。他想："我这样的人为什么还有恐惧感呢？是的，是带门声过于响亮了。"半个多月后，这个组长临时被派到赣南一个看守所任副所长，理由是熟悉基层，以利重用。直到卞先生销声匿迹，组长也没有再回来。

在那半个多月的时间里，卞先生曾反复想过："组长的话为何让我如此不快呢？"得出的结论是，话是对的，但绝不应该讲出来。

四

福特出事以后，沪宁两地好几家报纸都用了同样的标题来报道：死神死了。"死神"，这是卞先生生前就享有的谑号。就连他自己也知道，他的敌人仇恨他，他的同事也厌恶他，但是他对这敌我两方都抱着不屑的态度。他时常暗笑："他们以为我的榜样是死神，其实错了，我最羡慕的人，是土行孙。"

开会的时候，卞先生经常要求下属向土行孙学习，因为土行孙是干他们这一行的模范。总结起来有两条，一是他的硬功夫可以搏杀，一是他的软功夫可以地行。不过，卞先生还有一个更私人化的理由，那就是土行孙在神仙鬼怪中最有烟火气。土行孙好色，而地行术保证他可以轻易猎获女人。他现在还记得，十五岁时在水塘边读到土行孙云雨邓婵玉，他身子发紧，脚底掌心都出了汗。从那以后，他看见村里的女人时，眼光就异样了。还好，他没有做出过莽撞的事情来。他瞧不起那些为女人豁出命去的家伙，争风吃醋甚而大打出手就更低级了。卞先生是有意志的人。人的命运好比一匹没有套上缰绳的马，好的骑手应该懂得如何驾驭它。对这一点，卞先生深信自己是生而知之的。他认为女人也许真的是祸水，但能够以神秘的方式取得她、放弃她，所谓收放自如，倒是对男人的滋养。现代的土行孙应该是用这两样东西装备起来的：一权力，二手段。

卞先生获得了很高的权力后，自然地就获得了很多女人。到底有多少？他没有记下详细的数目。他的原则是，不动情，不伤身。有一晚看完电影回来，有个画面一直让他难忘：饰风尘女子的女主角扭身踏上楼梯。她套着紧绷绷的旗袍，柳腰轻摆，绷出一个圆溜溜的屁股来，就像是充满了气，又软又弹，他真想玩篮球似的玩它一回。

第二天，他一个人把车从南京开到了上海的片厂。先找到老板，很容易就找到了那个女演员。女演员正在棚里拍一场戏，她依然套着旗袍，只是脖子上多了一条围巾，手里握着一本易卜生的《娜拉》，和几个学生模样的人在说话。老板想叫住她，但卞先生制止了。他觉得有点累，就拉把椅子坐下来，一边吸烟，一边等她把戏做完。女演员的表情很亢奋，说着慷慨、生涩的文艺腔，最后她在灯光下挥着手，似乎是在撒传单，反正有纸片或雪片纷纷扬扬地落下来，飘啊飘的。

做完戏，很多男人都围上去给她送水、披衣服，夸她演得好。老板把人拨开，凑在她耳边说了些话。大家可能也听到了，因为棚子里一下子安静了，都转头望着卞先生。卞先生点点头，还很和蔼地对大家笑了笑。女演员上了他的车。

回南京的时候，天已经开始黑下来。女演员蜷在副驾的椅子上，像头小鹿似的，很疲倦，看看前边，又看看卞先生，两只眼睛湿漉漉的。车灯的光柱里，雨线不停地落下来。一只野鸭忽然"噗"的一声从车窗前掠过，卞先生一惊，侧身看看女演员，她已经睡着了。

卞先生在南京的公馆是一幢两层的小洋楼，客厅里有一个旋转的楼梯通到上边。卞先生最喜欢躺在客厅的大沙发上叫她上楼去拿个什么东西，她扭着屁股上楼的背影，卞先生总是看不够的。他本来只打算接她来住几天，可她就那么留了下来。后来的某一天，卞先生依然躺在沙发上看女演员的背影，忽然觉得那紧绷绷的屁股走了样，松松垮垮地耷着，一点生气也没有。一算日子，他吓了一跳，女演员住进来已经好几年了。

这件事给卞先生的刺激很大。他有些悲哀地想到，没有什么人是不可以改变的。他对女人的原则可以被一个背影改变，而老先生对他的信任也可能被某些谣言改变。想到这一层，卞先生感到了不安。

卞先生开始用旁观者的眼光来打量女演员。她似乎还和从前一样温驯，用小鹿般潮湿的眼睛看着他或躲闪他。但偶尔，她会突然歇斯底里地对他发作一通，骂娘，揪头发，摔盘子摔碗。卞先生就想："她分明是怕我的，为什么还有这个胆量呢？是了，她是恃宠而骄，她虽然怕我，但发作的时候一定就连自己也不知道。"他又想："她发作的时候，我又如何呢？真是恨不得掏出枪来敲掉她的天灵盖。"

女演员无限期地留在了卞先生的身边。他像观察温度计似的观察着她的表现和自己的心情。有一天，当她跺着脚指着他的鼻子叫骂起来的时候，他扬手一枪就打了过去。子弹贴着她的耳根飞过，击中了挂在墙上的希腊瓷盘。瓷盘被子弹打成了几块，再掉到地上摔成了碎片。女演员倒下去，晕厥在碎片边上。卞先生扔了枪，怔怔地坐在沙发上，全身都出了冷汗。

那时候，卞先生的权势正达到一生的顶峰。赫赫的战区司令长官见了卞先生，都要握着他的手，奉承话说不完。但卞先生知道，自己是应该消失了。

五

从那个四月四日之后，在很长的岁月里，卞先生极少去回忆往事。他必须花大量时间来应付今天和明天的生活。当然这与钱无关。他手边有一些金条，当他觉得用金条兑换现钞会惹麻烦时，他知道该上哪儿去取。对卞先生这种以土行孙方式谋生的人，商店、储蓄所的钱跟他自己的钱是没有区别的。他需要应付的是安全问题。起初他要躲避老先生，老先生死掉或跑掉之后，他又要躲避老先生的敌人。他明白，落到任何一方的手里，自己都是死路一条。但是，他想永远永远地活下去。

卞先生还是少校的时候就很少穿军服，他喜欢灰色的中山装。少校而穿中山装，就会代表多重的含义，能给人带来说不出的压迫感。对这一点，他是得意的。他经常穿着中山装，背着手踱来踱去对下属训话，或是观看行刑队处决犯人。那时候，他的目光是严厉的，语气和表情却格外轻松。下属在轻微地颤抖，因为自己可能在片刻之间就沦为阶下之囚。而犯人总是仰起头面无表情地向那堵高墙背过身去。卞先生就会想，下属的怯懦和死刑犯的无畏，其实都是对死亡做出的反应。死是多么不可思议啊。

有一回，一个向着高墙的死刑犯突然转过头来，定定地看着卞先生。他的头发是蓬乱的，满脸都是污垢，这使他的眼睛显得格外清澈和镇定。他说："下辈子我也不会放过你的！"

卞先生笑笑，不说什么。一排枪响之后，七八个犯人歪歪扭扭地倒在地上，死得干干净净。卞先生从来就认为人只有一辈子，死是不能复生的。

他不能设想自己在何时死去、以什么样的方式死去。他常常怅望着阳光在窗外大片大片地铺开，他想着怎么样才能够不死。是的，他需要奇迹。

终于，在雨中静静燃烧的福特轿车残骸，为他提供了一次再生的机会。

一切都像他精心计算的那样，他死了，又活转过来。

第二次生命要比第一次生命简单多了。最初的十来年，为了躲避危险，他还需要不断地转换住处、身份，化装，潜行，随时都处在紧张和压力之下。后来，他确信他和这个世界已经没有任何关系了。也就是说，他和那个卞少校已经完全不是一个人了。他的身心都松弛下来了。他的模样改变了很多，嘴早就瘪了，奇怪的是胡子也一根根地掉光了，他成了一个老奶奶样的老年人。一个好脾气的老头子。这怎么会是那个让人谈之色变的卞少校呢？他自己就不会这么认为的。

他挑选下雨的天气到街上去散步。街上原本有许多这个时代的标志，衣服啦，标语啦，领袖的画像或者胜利纪念碑啦，等等，但雨水使它们都变得模糊了。他走着，就像走在从前的时间里。

这是长江中游的一座城市，卞先生刚出道的时候，曾经在这儿执行过一次秘密任务。那个初春的早晨也是下着雨，江上还有雾，码头上的汽笛叫得让人揪心。那个被抓的人住在可以俯瞰长江的小楼里，卞先生扮作渔夫，顶着一顶草帽站在江边望风。那是个高大、体面的男人，被抓出来的时候，还穿着带格子的睡衣、趿着皮拖鞋，手里夹着一根熄了火的雪茄。乌黑的枪口一直抵着他的后脑勺，他望着雾蒙蒙的江面沉默不语。很快，他就被带上了一只小船。长篙一撑，船就滑进了雾里。一会儿，雾里传来两声枪响。江水哗哗地流，卞先生知道，世界上再也不会有那个人了。

卞先生尿了裤子。好在尿水和雨水混在一起，别人看不出来。死亡真是太可怕了，尿水和雨水冻得他浑身发抖，他想："永远也不要让枪口抵住我的脑袋啊。"

这是多少年前的事了？卞先生还保留着对这座城市的印象，只是这儿的人对他浑然不知。他在多少年后的雨水中走着，走饿了，就走进一家饮食店，拣了一个靠墙朝门的座位坐下来。这个位子能够看清进来的每一个人，而一张报纸就可以把自己隐蔽起来。堂倌，现在叫服务员了，长着面团般和善的脸。他问卞先生："老大爷，你也吃锅盔夹凉面吗？"

这个称呼卞先生已经很习惯了，别人叫他"老大爷"，他觉得亲切、踏实、安全。但凉面是酸辣的，这会让他的胃发烧、难过，而锅盔当然也是啃不动了。自从那个四月四日敲掉了牙齿，他的嘴都完全瘪了。他没有安装假牙。瘪了嘴以后，从前脸上那种威肃的表情就消失了。他更不像他了。

这个店只卖锅盔、凉面，显然是不适合他的。服务员很抱歉地把卞先生送出门去。他问了一句："老大爷，你和谁住在一起啊？"卞先生心里咯噔一下，竟不知如何回答。这些年来，他和他的危险住在一起。现在危险没有了，又和谁住呢？

他在街上走到了很晚。雨停了，他看见自己的影子被路灯映到湿地上，在杂乱的人影中消失掉，又现出来。从那天起，他开始回忆往事。他回忆的是卞少校的往事。逮捕，暗杀，刑讯，处决，长长的走廊，一道一道的铁栅栏，烟圈如谜语似的在办公室飘浮，女人像影子一样上了床又下了床。"那个卞少校啊……"他想着。

他想到过要为卞少校写一部传记。当然，这不是一部自传，因为他已经不再是卞少校了。他还动手理出过一些提纲，但他不知从何下笔。怎么会有这么多的事情呢？头绪紊乱，让他不得安宁。他在房子里踱来踱去，哆哆嗦嗦地自言自语，还是无法厘清若干人物和事件的关系。他梦见卞少校朝着一个男人的后背开枪，那人转过身来，却成了一个满脸是血的妖艳女人。或者，卞少校向着一个妖艳的女人扑去，搂住的却是一具骷髅。

夏天来了，城市被太阳烤出滋滋的白气。卞先生看到，这些白气从他的窗户拥进来、从门缝中钻进来，搞得他真有种说不出的难过。还是把那些事情都统统忘掉吧，他想象着跟泼污水似的把那些往事都泼了出去。但是他实际上做不到。好比是下水道的盖子被揭开了，那些往事从污水管里往上冒，一点办法也没有。

六

孤独者的往事，差不多都是阴郁的。

卞先生在老家有一个堂弟，五六岁起就光着屁股放一群牛。他有个本事，就是拿石块赶牛。隔着三五十步远，一石块飞去，准打在牛角上。卞先生发达以后，就把他招了出来做事。堂弟很快就被训练成了一个神枪手，跟在卞先生身边。卞先生自然是喜欢他的。他要比卞先生小一二十岁，卞先生喜欢他就跟喜欢儿子一样。他脑子灵活够用，长得也好看，属于那种女人似的文静、羞涩。

卞先生有心要让他变得果断、坚决，有一回暗杀行动，特意让他开枪。枪手的位置在一家大饭店的楼顶，武器是一支德式狙击步枪。被暗杀对象每天上午七点零五分从对面的公寓楼下来，沿花圃路南行一百三十余步，进入一家广式餐厅用早茶。枪手应在他行至餐厅门口时将其击毙，以造成他可能是被餐厅内子弹射中的假象。堂弟接受这个任务时，显得有些兴奋，也有些紧张。卞先生为了缓解他的情绪，安排他到刑场枪毙一批死囚犯。但堂弟拒绝了，他说："我只打活动靶子。"

行动的那天早晨，卞先生做了周密部署，在大饭店周围布了许多暗哨。七点刚过，卞先生亲自驾着一辆黑色的福特牌轿车，从与被暗杀对象相反的方向缓缓驶来。街上十分清静，只有几个报童的影子。卞先生几乎是同时与那个人到达餐厅门口的。那人戴着黑礼帽，披着黑风衣，还隔着街道和车窗跟卞先生对视了一小会儿。一声清脆的枪响，卞先生一下子蒙了：那人转身从容地跨进了餐厅。接着，一个人从饭店的楼顶倒栽下来，直撞在坚硬的水泥街面上，发出"砰"的一声闷响。

卞先生的堂弟七窍流血，死于非命。坠楼之前他已经死了，一颗子弹穿过了他的头部，并且削去了他的脑盖。卞先生发疯似的从车里冲出来，抱着堂弟的尸体，差一点就晕厥过去了。

后来卞先生用白缎子把堂弟裹了一层又一层，亲自送回了老家，葬在水塘边。下葬那天落着绵绵的雨水。卞先生流了很多泪，因为在下雨，谁也不知道他哭了。那是卞先生最后一次回故乡，也是他最后一次流泪水。

堂弟的死，其实不算卞先生遭受的唯一挫折，但从那以后，他感到了疲惫，站着想坐，坐着想躺。有一回去给老先生汇报工作，讲着讲着，老先生突然把他打断了。老先生说："唉，你怎么也有白发了？"卞先生鼻头一酸，咬咬牙忍住了。他说："老师，我做不了多少事了……"

堂弟是一个神枪手，却被另一个不露面的神枪手击毙了。卞先生动用了一切人力倾城搜查，但最后就连那颗子弹飞来的方向都无法确定，而那个被暗杀对象，却在进入餐厅后，从卞先生的视野里永远地消失了。

七

也许一切能力都不是无限的。会地行术的土行孙可能碰到岩石或钢板，不老的青松也可能遭到雷劈，飞机的引擎里没准钻进一只麻雀……事情就这么毁了。没有什么道理可讲。老得就像一个老太婆似的卞先生蜷在屋子的某个角落，任污水一样的往事冒出来，把自己淹没了。他试着去回想曾经有过的无数的欢乐，但回想中的欢乐更让他觉得遥远和短暂。就像同女人做爱，瞬间的高潮后，是漫长的倦怠啊。

他也常到街上去走一走。阳光落在他的身上，雨水落在他的身上，会让他确定自己今天的生活与卞少校真的无关。他坐在街心花园的长椅上休息，他打量四周新盖的楼房，听路人的议论，也买一份报纸来看看，可他一点也没法理解。他想找个人问一问，可他不知道该问什么。在别人眼里他是什么人呢？什么也不是吧？他和他们的生活完全没有关系。他有关系的人是卞少校，是老先生。老先生的时代，他就是卞少校，是那个时代里重要的一部分。很多事情要由别人来问他，要由他来做出解释。他的微笑，或者嗔怒，可以改变别人的生活。当然，现在他连自己的生活也没法改变了。在现在的生活里，他什么都不是。那年冬天的哈尔滨之行，是他进入现在生活的唯一一次尝试，但他失败了。他杀了人，并且永远地退了回来。他杀人的方式，仍然是卞少校的老路数。

有好些年，他都失眠、耳鸣、头疼、便秘，睡觉的时候要趴在床上，用枕头抵住胸口才能听到微弱的心跳。每晚他都以为自己要死了，挨到天亮才知道，又活了过来。

"活着还有什么意思呢？"有一阵子他天天这样说，"还不如死了的好。"他跟一个絮絮叨叨的老太婆似的，不停地对自己说："还不如死了的好。死吧死吧死吧，死了就干净了。"这是他第一次想到了主动求死，两片萎缩的嘴唇哆嗦着，反反复复发出求死的愿望，最后它们发出的就只是某种含混的声音了。他听不清自己在说些什么。

他出了门，沿着河堤走了一阵子。河水是浑浊的，他想："跳吧，一跳什么都结束了。"他朝两边看了看，有几个老人在柳树下比画太极拳。他们都穿着白衣、白裤、白鞋子，阳光从他们身后映过来，白衣服映出了温暖的鹅黄色，就连头发都变成了温暖的母鸡窝。卞先生就冷笑，笑完之后就嘀咕："活什么呢，做出有滋有味的模样来？"再看看河水，他吃不准有多深。他对自己说："有块石头就好了。"他弓下腰杆到处摸，只摸到了几片孩子吃剩的雪糕皮。他想起老家的笑话："新媳妇跳河要寻死，河水只把脚打湿。"他吃吃地笑，一口唾沫吐出去："呸！"声音就像他用过的无声手枪。年轻的时候，他经常在衣袋里捏住无声手枪，推开某个人的门，他说："只需吐口唾沫的声音，我就可以打死你。"如果那个人想反抗，卞先生就勾动扳机，唾沫吐到那人的额头上，开出娇红的玫瑰花，那人就倒下了。现在，他跟勾扳机似的，把唾沫吐出去，风再把唾沫吹回来，吹得他一脸的唾沫星子，又酸又臭。

"还活什么呢？"卞先生诅咒着风、河流和温暖的阳光，折身走掉了。穿过广场附近的那条大街时，已经是正午了，阳光像雨水一样倾泻下来，烤得他如同烘箱里的老鼠。他两腿全软了，一点也挪不动。汽车嗖嗖嗖地从他跟前和背后飞驰过去，弄得他气血大乱，车身上锃亮的眩光子弹一般地射来，喇叭声绕着他像鬼哭狼嚎。他伸出一只手，试图要扶住一辆车，但是它跟子弹一样射走了。最后，他只能够喘出一口气，抱住自己干瘪的胸脯，在马路中央蹲了下来，他说："压死我好了，压死我吧。"

不知过了多久，两双年轻的手伸进卞先生的夹肢窝，把他架了起来。一个人是警察，另一个人穿着灰色的夹克。卞先生心里似乎一下子就雪亮了，情绪反而平稳了下来。他闭上眼睛，保持着虚弱的样子，却在盘算着脱身的办法。他想，他们没有露出家伙，但家伙是一定会派上用场的。那个警察还容易打发，难对付的倒是穿夹克的便衣。警察是勇武的，但往往比较简单；便衣就隐蔽多了，所以也就更加阴郁。从前卞先生的下属多半都是穿便衣的，人们很容易把他们看作自己人，只有在他们拔出家伙的那一刻，你才知道他们是跟狼犬一样凶狠呢。

卞先生没有想到会落在便衣的手里。他感到了恐怖，因为恐怖而更加虚弱。他心里还是清醒的，却在清醒中晕厥了过去。

　　就像很多电影里的情景一样，某个人意外地晕厥过去，却在医院的病床上苏醒了过来。卞先生也是这样，他睁开眼睛，看到雪白的墙壁和被单，还嗅到很浓的消毒水气味。一只输液瓶高高地挂着，药液通过软管滴入他的体内。同屋还躺着一个老头，老头的头埋在松软的枕头里边。老头说："你遇见了好人了。"卞先生不说话。他又说："你遇见了好人了。你是什么病呢？你家里的人呢？"卞先生还是不说话。开始卞先生不知道该怎么回答，现在他决定把自己当作哑巴。床头柜上放着纸杯子和一些黄色的药片，但卞先生还不能断定这到底是医院还是监狱、那个老头的问话是关心还是圈套。

　　卞先生拔掉针头，起了床，一边试探着同屋的反应，一边向门口走去。同屋只叫了一声"喂"，就剧烈地咳嗽起来。卞先生移到了走廊上，看见一个推车推过来，护士高高地举着输液瓶，后边跟着哭哭啼啼的一大群人。卞先生跟着他们走了一段路。推车上躺着一个女人，白单子一直拉齐到了下巴，她的脸白得比白单子还要白，五官像石雕的一样精细，眼睛合着，长长的眼线和长长的睫毛却那么黑。"美极了，"卞先生是能够欣赏女人的美的，他嘀咕着，"真是美极了，可是她就要死了。"

那推车撞开两扇玻璃门，一路进去了。门内还有着门，车子消失在重重的门后，把一群哭泣的人都撂在了门外。卞先生在门外伫立了一小会儿，就朝着相反的方向悄悄走掉了。

走到街上，天已经是麻麻黑了。他嗅到熬粥的气味，就觉得非常饥饿。他想起好多天都没有饥饿感了，他就想："是那些人在输液时做了手脚吧？"从前为了让犯人招供，卞先生就会在食物中加进一些奇妙的白粉药。确实是妙不可言呢，白粉药让人喜不自禁，又悲从中来，要么是口若悬河，要么就是钳口无言。卞先生捧着肚子，他对自己说："天，我是什么也不说啊。"他的肚子和肠子因为缺少东西，粘在一起，相互扭着、拧着，痛得他的眼睛一阵阵发黑。

前边就是一家稀饭馆。他扶着墙根摸过去。他喝了一碗皮蛋瘦肉粥、一碗生猛鱼片粥，吃了一笼口蘑小汤包。他还想吃，但忍了忍，还是克制住了。

八

卞先生喜欢上了熬烂的肉粥和新鲜的汤包。粥和汤包让卞先生有了气力，他每天都要走街串巷地去找它们。他还总结出了经验，医院门外的粥熬得最烂，汤包的馅最嫩，而时尚小区的粥品种最多，汤包的馅最鲜。有一回，卞先生在汤包里发现了一朵完整的小蘑菇，紫色的伞，棕色的把儿，又水气又标致，这让他感到了震惊和不安。

还有一回，他踱到饭馆的厨房去添汤，小工正在炖鲫鱼。阳光穿过一方天窗照进来，再通过转动的风扇跌到铁锅里，在开得翻翻滚滚的汤水中，几条鲫鱼竟然在悠然自得地游来游去。卞先生吓了一大跳，屏住气，轻手轻脚地出了门。一直走到家门口，他才发现自己手上还捏着筷子、端着碗。

卞先生再也不去喝粥了，也不吃汤包了。他只饮用牛奶，还喝上了啤酒，或别的能够一目了然的流质食物。喝牛奶是一种任务，喝啤酒却有了一点儿快乐。他并不嗜酒，但啤酒流进喉管，肠子就像是旱地里浇了凉水，凉津津的，有说不出来的舒坦和气匀。啤酒含有轻度的酒精，酒精又带来了轻度的眩晕，眩晕让他感到自己还强大。强大是有硬度的，卞先生一直都相信，强大就体现在心肠硬，心肠硬才能够不婆婆妈妈，才能够活得利索，健体强身。

这本来是陈词滥调了，哪用得着和尚念经一般天天唱呢？他几乎都已经忘记了。那几天太阳偏西的时候，他连着都坐在大剧院的梯坎上看报纸。其实他看什么报纸呢，报纸只是道具罢了，他坐在那儿见见阳光。他需要见见阳光、吹吹风，有些事情，他是需要好好想一想的。隔着他左边几步，有两个少年在喝啤酒。他们每天都坐在这个位子上喝啤酒，小口小口地喝着，东张西望。两个少年一胖一瘦，都是紧身背心、灯笼裤，都是染着蛋黄色的长头发，都喝着一种小瓶装的冰啤酒，分明是两个模样，看起来却硬像是孪生兄弟。卞先生瞟了他俩一眼，就晓得他俩是什么货色了。梯坎上有带小孩的老人，有相依相偎的情侣，还有远方来的游客，但是他俩只挑那些单身的男女下手。卞先生慢慢就有了兴趣，就偷偷瞅着他俩的动作。卞先生觉得他俩动作还算是灵巧的，就是举止还太过笨拙。动作是手，举止是肢体和语言，卞先生以为他们充其量只是二流的角色。他想起若干年前，他也曾在街头物色过几个组员，他们都是那种看起来极憨朴的家伙，十根指头却都像长出了锥子，全是真正的狠将。卞先生就有些伤感，又细细地观察，觉得那胖的少年似乎还堪打磨，有点大智若愚的样子，但到底也是难说。

有一回梯坎上立着一个女子在等退票，她挎着白皮包，衣着时髦，表情却很沉静，正是那种红装素裹的少妇人。两个少年就撑起来，瘦的从她身后绕过去，胖的却在她跟前打了一个趔趄。"阿姨，对不起，把酒洒到您裤子上了。"少妇人就埋头去抹抹裤脚。全梯坎上的人都看出是怎么回事，瞅着那两个少年，眼里都是愤怒，只是没有一个人吱声。卞先生心里骂着蠢货，觉得这两个小流氓真是朽木难雕。他就撑起身来，嘴里还在絮絮叨叨地骂着，往小街里走掉了。

他走到小街的深处，那儿有一棵歪了身子的皂角树，树下堆着几只垃圾桶。他定住脚，看见那两个少年已经挡在了他的面前。皂角叶在风中窸窸窣窣地响，垃圾桶发出一阵阵恶臭，天刚黑而灯刚亮，到处都是迷迷茫茫。胖的少年说："大爷是熟人了，借点钱买啤酒吧。"卞先生在迷茫中笑了笑，说："你们不是喝着嘛？"瘦的少年就说："喝了还要去网吧。"卞先生不知道什么叫网吧，竟脱口说出一句猥亵话："网吧不如酒吧，酒吧不如鸡巴。"出口出得那么顺，连他自己都觉得有些惊讶。少年也就猥亵地笑了笑，两个人夹过来，把他夹在中间死命地挤，他们说："老鸡巴，老王八。"卞先生听到自己的骨头在咯咯地响。一只胳膊肘顶住他的肋骨，一只手在抓他的痒痒。卞先生也嘻嘻地笑起来，他把两只手放到他们的脖子上。卞先生熟悉脖子的秘密，就跟他熟悉枪械的构造一样，他说："乖儿子。"两个少年就像晒蔫了的豆芽，不情愿地歪了下来。瘦的搭在垃圾桶上，胖的跌在了树脚边。有一只酒瓶已经跌碎了，还有一只酒瓶是完好无损。卞先生就把好的那只酒瓶从少年的手里抽出来。他拿鼻尖嗅了嗅，试着喝了一小口，觉得还好喝。他就一边喝着，一边慢悠悠地踱回去了。

他喝完了手里的啤酒，又在街边的小店里买，然后接着喝。走到家时，他已经喝完了两小瓶。在临河的杂货店，他再买了两小瓶。早上醒来，他在被窝里用手掌抚摸着手掌，他说："活着吧，你还硬朗呢。"

九

然而，在下一个季节来临前，他已经把啤酒戒掉了。眩晕让他感到强大，而眩晕也总是让他纠缠着过去。如同梦分为美梦和噩梦一样，啤酒带来了多少力量，也就带来了多少疲惫。

但他还是坚持要到街上走一走。他的手上多了一根拐杖，肩上挎着一只黑包，里边备着一把雨伞。如果他判断雨水不大，不会把他浇病，他是不会把雨伞打开的。他喜欢下雨天。下雨天让他感到安全。他有很多重要的时刻都是在下雨天经历的。

每年雨季来临的时候，他都要设法迁居一次。起初是沿着长江往上走，从一个城市迁到另一个城市。迁居是大耗体力的事情，渐渐地他就感到吃不消了，于是他就在街道和街道之间搬家。搬迁已经不是为安全着想了，搬迁仅仅是让自己感到生活还在不断更新。选择雨中搬迁，雨水可以抹去搬迁的痕迹。而雨伞、雨衣、雨中匆匆的行人，都有助于产生某种神秘的联想。这种神秘感显然是同往事联系在一起的。就连卞先生也觉得奇怪，自己那么渴望摆脱过去，为什么雨雾迷蒙时分的感受却总是轻松的、惬意的呢？

多年之后，卞先生才在无意中解开了这个谜团。那自然也是一个雨天，他在街上溜达。他知道这是自己居住的最后一座城市了，但他还想为自己选一处新的住所。天刚刚黑下来，雨不大不小，他站在一家商场的橱窗前踌躇着："是避避雨，还是打着伞离开呢？是找家面馆吃点东西，还是径直走回家去呢？"这时候，他忽然听到有人在叫他。

卞先生吃了一惊，但是他的身子已经先于意识转了过去。就他从事过的职业来说，这显然是一种大忌。然而，霓虹灯的光照里，人影憧憧，却没有一个人在看他。他以为是幻听，就掉了头又去看雨。雨线在路灯下飘出一块好看的圆形来。他又听到了谁在叫他。确切地说，是有人在清晰地念出他的名字。自他在老先生手下发达之后，就没有谁这样叫过他的姓名了。就是老先生也只称呼他的字呢。一瞬间，他觉得就像冰凉的雨水落进了颈窝。这一次他转过去，看清了，他的名字是从橱窗内的一台电视机里发出的。电视的图像是黑白的资料片，有些破碎，而且在不安地抖动：雨水冲刷后的堤坝，江水，一具汽车的残骸，许多人在拖运……

卞先生的心里忽然一下子雪亮了。今天是四月四日，电视里播放的节目是《历史上的今天》。他很难向自己表达出此时此刻的心情。他没有打伞，默默地走回了家。他的脸上全是水，他抹了一把又一把，总也抹不尽。这一回，他也说不清是雨水还是泪水。今天以前，卞少校死在了别人的记忆中，从今天起，卞少校死在了他自己的心里。

第二年的四月四日到来之前，他买回了一台电视机。他几乎是屏住气，看完了那档《历史上的今天》。他呼出一口长气，感到轻松、踏实。污水般的往事不再来打扰他了，它们终止在了那具汽车的残骸上。"千真万确啊，"对着墙壁、门、窗户，他说，"千真万确啊，他死了。"

怀着一种感恩和愧疚的心情，他多次抚摸四方形的、没有体温的电视机。这个铁柜似的东西，带来了第二次奇迹。它替他恢复了记忆，又终止了记忆。也就是说，它让他死了过去，又活了过来。

时间就像雨水在路灯下飘出的圆形一样，循环地流逝着。每当心底那个污水的盖子要被掀起来时，就又到了新一年的四月四日。他蜷在沙发上对着电视机，他想："我真的是在过下辈子啊。"

十

窗外的河水总是浅浅的，浮着油污和烂菜叶子，还飘着一股下水道的腥味。但卞先生喜欢。他常常趴在窗台上眺望，阳光或者灯光映在水面上，再反射到他视力模糊的眼里，有一种很舒服的痛感。河两岸茂密的林荫地渲染出僻静的氛围，这种氛围是卞先生熟悉的，从前，它通常意味着有事情即将发生，但现在什么事情也不会发生了。

在今年的雨季到来的时候，卞先生破例没有搬迁。一是他找不到更合适的住所，一是同一城市的搬迁也让他感到太累了。四月四日天亮前，他在被窝里掐着指头计算自己的年龄，他吓了一跳。他早就活过了一般人的寿限，也就是说他早就应该死了。"我真是可以不死的人吗？"他在黑暗中问自己。

说不清白天是怎么度过的了。天色终于又黑了下来（现在卞先生是以天色来计算时间的），他拧开了电视机。其实他已经不怎么看得清画面了，他主要是靠耳朵来听。他首先听到的是天气预报。播音员说："西伯利亚的寒潮和东南暖湿气流正在我们的城市上空相聚，今晚和明晨将会形成大面积的降水……"

随后是长时间的广告。他把头靠在沙发的靠背上。他感到，每一年的广告都在增加。所有的废话都啰里啰唆。有一小会儿，他似乎是睡着了，还做了梦，梦见大雨，到处都是水。有一个穿雨衣的人站在客厅里，仔细地打量着他。雨水顺着雨衣的下摆淌下来，流得满地都是。

卞先生睁了睁眼睛。这一睁，他才发现眼睛本来就是睁着的。客厅里确实站着一个人。那个人正把雨衣脱下来，搭在餐椅的靠背上。

"你是谁？"卞先生的声音是平静的，他的第一判断，那个人是个窃贼。卞先生是不怕窃贼的。

"我不是一个窃贼。"那个人笑了笑，就像看破了卞先生的心思。他拖过另一把餐椅坐下来。他的脚上套着长长的雨靴，如同刚上了油漆，黑得发亮。

"噢，"卞先生点点头，"你喝点水吧。"他做出要站起来的动作。但那人摆摆手，把他制止了。

那人找到了水杯、水瓶和茶叶，给自己泡了一杯热茶。他说："你也喝一杯吗？"

卞先生摇摇头，说："你对这儿很熟悉，对吧？"

"你不在的时候，我来过几次。"那人边喝水边说道。卞先生从他喝水的声音和节奏里听出来，他很从容。就一个闯入者来说，这是可怕的。

"你是警察吗？可你的声音听起来已经不年轻了。"一说完这话，卞先生就有些后悔了。

但那个人已经站了起来。卞先生听到雨靴的声音朝着自己一点点地移过来。最后他紧挨着自己在沙发上坐下。他的双眼盯着卞先生的双眼。突然，他冲着天花板发出哈哈的笑声。笑声是枯涩的，甚至是苍哑的，就像焦墨在纸上艰难地拖过一条痕迹。他笑道："听起来，什么是听起来？幸亏你耳朵还好使啊。"

卞先生听出来，他真的就和自己一样老了。也许还要老一些吧。

那个人说："是啊，我从前干过和警察差不多的工作，或者就叫秘密警察吧。那时候我追踪过很多人，后来我就只追踪一个人了。"

卞先生的眼睛直愣愣地望着电视机。节目主持人在一遍遍地重复着卞先生过去的姓名。主持人说："他就这样车毁人亡，结束了自己罪恶的一生。"

那个人说："从那一天起，我就知道你没有死。"

"你一直在追踪我？"那档《历史上的今天》已经结束了，一首甜得发腻的歌曲在屋子里飘扬。卞先生说："你看，我们都老得成历史了，你还是把过去的事情放不下来。"

"谁放得下呢？"那个人说，"你不是就坐在这儿看着自己吗？"

卞先生心里平静了许多。他索性做了一个有点夸张的动作，显得很艰难地转过身子，木然地对着那个人。他像一个真正的瞎子那样，举起双手，哆哆嗦嗦地要抚摸那个人的脸。那个人退了退，他没有摸到。卞先生说："别，让我摸摸你。你是谁呢？"

那个人冷冷地看着卞先生。他说："我属于你要铲除的那类人。我从前的办公室和你的办公室在同一条走廊上，只不过，我在走廊的开端，你在走廊的尽头。当然，对于你来说，我只是你的一个下属而已，你从没有称呼过我，从没有和我说过话，但我每天看着你在那儿进进出出。"

卞先生的手无力地落在了自家的膝盖上。他说："你是他们的人？"

那个人说："我们的人把我安置在你的身边。我看着你每天像处置牲口一样处置我的朋友。很多次，我都想拔出枪来打死你。"

"可是你不敢，因为你也怕死。"卞先生的嘴角露出一点笑意来。

那个人摇摇头，说："从我第一天做这份工作起，我唯一不怕的就是死。我只怕事情做不好。"

"你怕你打不死我？"

"我怕我便宜了你。"他吁出一口气来，说，"我原来以为你和我一样都不怕死呢。直到那辆福特撞到大树上，我才知道你其实最恐惧的是什么。"

卞先生再次把双手举起来，犹豫不决地想摸到那个人。似乎这样他才能确定那个人的存在。但那个人用手抓住了卞先生的手，并把它们放了回去。卞先生的手是冰凉的，痉挛着，跟雀爪差不多瘦小。就这么一小会儿时间，卞先生已经弄清楚，那个人的手其实比雀爪还要无力、枯槁，骨节在皱巴巴的皮下疲乏地转动着。

卞先生说："你怎么会知道我没有死呢？"

那个人吹出一口气来，说："专门制造意外的人怎么会死于意外呢？"气吹到卞先生的脸上，干燥得就像粉尘一样。

"我犯了一个错误，"卞先生说，"我应该死得更正常一些。比如说，在一座大楼里枪战，大楼起火、爆炸，双方同归于尽。"

"但是你瞒不过我。我首先会推论你没有死，也就是说，我会用各种方式来证明你还活着。只要没有百分之百的证据，我都不会放过你。"

"为什么呢？"卞先生的声音充满了迷惑。

"因为，我发过誓，要亲自决定你的结局。"他起身踱到窗户边上，外面正在下雨，河流显得出奇地温柔和宁静。他说："我也犯了一个错误，我要是早知道你惧怕死亡，我是不会让你活到今天的。"

"你现在可以弥补这个错误了。"卞先生漠然地说。当那个人走向窗户的时候，卞先生一直在仔细地观察他。他的思想还很敏锐，谈话也有力量，但谈话显然耗费了他的精力，他的步子迟缓，身子在轻微地哆嗦。他拿手扶住窗台，并把身子靠了上去。看上去，他显得舒服多了。

他吁出一口气，说："是啊，要让你死的念头支撑着我活到了不该活的年龄。一定要活下去的念头也支撑着你活到了不该活的年龄。我在找你，你也好像在等我。"

"你是打算自己动手，还是去报案呢？"卞先生说。

那个人不说话。他在墙角摸到了卞先生的拐杖，他把它举起来敲了敲。他说："你应该去申请一根盲人拐杖，就是漆得一节红一节白的那种，这样上街的时候会安全一些。"

"噢，你是在嘲笑我的衰朽吧？"卞先生几乎就要笑出声来了。为了掩饰笑声，他咳起嗽来，干咳了好一阵。他说："我有这种想法，可我还弄不清楚申请的程序。"

那个人把拐杖放回墙角，这样就结束了关于拐杖的谈话。他说："我现在改变主意了。你不应该死。我要你活下去，就这样一直活下去，永远都不要死。"

说到最后一句话，他的声音已经苍哑得接近耳语了。大约是为了缓解自己的疲惫，他又坐下来喝了一点儿水，然后穿上了雨衣。他说："我们不会再见面了。"

"等一等。"卞先生颤巍巍地朝那个人走过来。他又一次举着双手，哆嗦着。他说："我已经好多年没有见到一个熟人了。虽然我看不见你，可是，我想摸摸你。"

那个人犹豫了。这时候，卞先生的手已经搭在了他的脖子上。卞先生雀爪似的手一下子变得跟鹰爪一样有力了。

那个人说："你不是瞎子？"

卞先生说："还没有瞎到那个地步。"

那个人奇怪地笑了一下，说："你不会后悔吗？杀了我，很快，你就连最后一个敌人也没有剩下了。"

卞先生说："我不管。我不喜欢别人来安排我的结局。"

那个人的脖子在卞先生的掌握中显得极纤细、极脆弱。卞先生似乎只需要稍稍用点力，他就会软软地倒在地上。他试着将手紧了一紧，他想把过程拖得更长一些，他知道这是自己最后的一次行动了。但他突然很惊讶地发现，这最后一次行动变成了他最后一次失手。

那个人的手攥住了卞先生的手。那个人的手就像铁钳一样坚定。即便是鹰爪，对于铁钳也是无能为力的。卞先生的手徒然地用了用劲，就软了下来。

"你欺骗了我。"卞先生咕哝了一句。他的声音里有一点伤感。

那个人嘿嘿地笑起来，他的声音确实是苍老的，但是并不哑涩，属于那种低沉、厚实、很有劲道的嗓音。他说："我没有欺骗你，我不过是留了一手。我忘了告诉你吧，我要比你年轻二十岁呢。"

卞先生的小肠子抽搐了一下，感觉就像烂泥里爆了个气泡。他说："看不出来，你是一个厉害的角色。"

那个人说："我从前不是。后来研究了你大半辈子，也许就是了。"

卞先生踌躇了一下，说："你要怎么处置我呢？"

那个人把卞先生的手从自己的脖子上拿下来，抵住他的胸口，用力一推。卞先生踉踉跄跄地退了几步，正好坐回到了沙发上。他觉得气血翻涌，心里难受得要死。但他还是定定地望着那个人，想着应变的法子。

然而，那个人只是很平静地重复了一句话："我要你活下去，永远都不要死。"

随后，那个人很快就消失了。

十一

卞先生在沙发上喘息了很久，才觉得自己有了一些生气。

外边的雨声还在持续地响着，这使屋子里显得更加枯寂。卞先生很希望刚才发生的事情其实都是梦幻，但地上的雨水证明那个人确实是来过。

他撑起来，慢慢地挨到窗户边。

雨水让城市变得苍茫、缥缈。

电视屏幕已经变成了雪花。

虽然刚才只耗费了一点点力气，但这点力气好像把卞先生所有的力气都带走了，他疲倦得脑袋都抬不起来了，就只好让它松松地耷在了胸前。接着他还发现，自己真的成了一个瞎子，他看不见路灯下雨水飘出的好看的圆形，也看不见了电视屏幕上的雪花。"噢，看不见了。"他咕哝了一声，就把这事放下了。他在吃力地想着另一件事情，但想了很久都想不明白：那个要杀死他的人为什么还要让他永远活下去？

2001 年，成都狮子山红砖楼

鲁迅先生安魂曲

一

　　"我的记忆好像被刀刮过了的鱼鳞，有些还留在身体上，有些是掉在水里了……掉在水里了？"鲁迅哆嗦一下，虚开眼，傍晚麻麻黑的光线里，看见许广平立在床头边，递过来一碗鲫鱼汤。他伸了瘦手，把鱼汤挡回去。他说："是什么掉在水里了？"许广平叹口气，说："是记忆。"鲁迅合了眼，喃喃道："我的记忆好像被刀刮过了的鱼鳞……说得好呢，好呢。记得是谁说的么？"许广平说："不是你在说么？"鲁迅咳嗽起来，气喘吁吁，拿瘦手捶着瘦的胸脯。许广平放了碗，在他胸口来回抚摩着，顺他的气。他说："我是问，这话是谁说过的。"许广平说："是先生你说的，在《忆韦素园君》那篇文章里。"鲁迅吃力地想一阵，想起来了，点点头，说："素园不在有些年了，你好记性……还记得那文章最后四个字么？"许广平欲言又止，顿了半晌，说："记不得了。"鲁迅说："你记得的。可是你不说。"许广平说："是'夜，鲁迅记'。"鲁迅摇头道："不对，是'从此别了'。"

天完全地黑下来，大陆新村的路灯从窗户进来，落在床上、地上，正如皎洁的月色。然而，街上在吹风，树叶落下来，扑扑打着行人、车辆、冷冷的墙。

许广平背过身去，又转过来，鱼汤回到伊手上，浮着薄薄的热气。"喝一口罢，"伊说，"你今天的情形是松了些，就是虚。"

"唔……"鲁迅舒口气，"是松了些？"

许广平说："是呢。"

"噢，松了些。那，我明天是可以去看一看鹿地亘了。"他望着蚊帐的顶子，"我还有些话要跟他去说。他还住那儿罢，这日本人？"

许广平不吭声。鲁迅一急，要再问，忽然咳起来，剧烈地咳，瘦的胸脯里有咔咔声，似乎什么东西在断裂。许广平抚他的胸，给他顺气，但他拿瘦手隔开了。他说："你说罢。"伊说："你今下午刚去拜访了鹿地亘，一个人走着去的，我把豌豆苗摘好，你才回家来。"鲁迅一惊，却是不信："是么？"许广平说："是的。"鲁迅说："千真万确的？"许广平在黑暗中点点头。鲁迅吁口气，说："想起来了，他问，倘我死了，他能不能给我抬棺材。我说什么抬棺材呢，像是一台戏，赶紧收敛，埋掉，拉倒。把他吓得！"说着，他笑起来。因为假牙泡在床头的瓷杯里，笑声就很漏风，而话音也咬得非常不确切。然而许广平是听得清楚的，即便一个眼神，伊也是领会的。伊跟着就笑了，是见他笑，而略宽心地笑了。

笑完，鲁迅感到累，脸上堆起颓唐来。"唔……"他喃喃说，"我是记得远事而记不得近事了。"许广平说："那你就多想想远事罢。"于是他合了眼，很认真地想了想。"可是，在远事里，有些东西是永远丢掉了，掉在水里了……譬如……"他的声音弱下来。许广平俯下头，把耳凑近他嘴边。"譬如什么呢？"伊问。但他过了半晌依旧合着眼："……掉在水里了，想不起来了。"他依稀觉得自己已睡着了，听见许广平的脚步声轻轻下楼去。因为是轻轻地，听来也就更清晰，他朦胧中数着："一、二……"数到十一下，却完全清醒了。

二

楼下全家人在用晚饭，素炒豌豆苗、笋炒咸菜的气味总会传一些上二楼。说是全家人，其实他隔离在二楼已经很多日子了。他再拿鼻子吸一吸，看有没有一碗黄花鱼，他担心自己病了，他们吃饭马虎，连一碗黄花鱼也减省了。但他没嗅到，他怀疑是自己伤风鼻塞，嗅觉跟记忆一样，时灵时不灵了。然而，一丝香脆的味道却从记忆里浮出，是萧红的葱花烙饼，黄酥的壳，雪白的面，翠绿的葱花，他是可以连着吃三张五张的。然而，萧红也走了，七月十六日，伊一个人乘船去了日本了。如果今天真的是一九三六年十月十八日，那么，萧红走了该有三个整月差两天了。他是心痛萧红的，而萧红是有些把自己当作父亲的，然而，即便真的是父女，他也不会干涉伊。"我是我自己的。"萧红并没有这样说过，然而，伊不是一直就在这样做着么？伊也才二十五岁罢，却从极北边的呼兰河，任了性子，携了纸笔万里走到上海来……又走到东京去。有多少苦，也只有自己咽了去，有血罢，有牙罢，都是自己咽了去的。详情他并没有去探究，大概是在萧红、萧军之间出现了一个女人罢？萧红临走的前一天，他和许广平请伊吃晚饭，伊："我活着，我总得向着新的生路跨出去。"这话他是同意的，也是熟悉的，似乎是引用谁的话，总之和他想的很吻合。这世上没有走不出来的路，也没有跨不过去的沟壑，爱也罢，不爱也罢，除非……这个人死了。但倘如死的只是自己的亲人，哭过之后，就做自己该做的事情罢。"如果是我呢？这话我已经写过了。"鲁迅想起自己是做过这样一篇文章的，"忘记我，管自己生活。——倘不，那就真是胡涂虫。"还似乎已经发表了，天下人都已知晓了，这最好。

然而，跨出去就是新的生路么？他其实是没有把握的。这几十年来，脚上有气力的人都在不停地走着，离了老家，离了熟悉的口音和食物，再在别处安置了新家，最后亦不知家在哪里了。以自己的情形看，走的路只比萧红更加多，十七岁离了绍兴，去南京，然后是东京、北京、厦门、广州……即在上海一处，亦记不得搬迁了多少回。这回是最后一回罢，要走也是走不动了的。十二年前，《在酒楼上》在《小说月报》发表后，一曹姓青年写信来，说文中有两句话看了又看，看到落泪："北方固不是我的旧乡，但南来又只能算一个客子，无论那边的干雪怎样纷飞，这里的柔雪又怎样的依恋，于我都没有什么关系了。"他说，人一旦出家，是从此没路可回的。鲁迅后来见了他，和他做了忘年交，他是记者，比想的还要年轻，正有使不完的气力，满世界乱窜着。鲁迅想再跟他谈谈出家和回家的事情，但又怀疑他自己都把这问题丢了脑后了，也就作罢了。鲁迅想说的是，人是回得去的，那就是死了。文人喝了酒，会豪迈写诗，吟哦"视死如归"。而强盗本豪迈，杀人时说"俺送你回老家"，倒是亲切、温柔、敦厚之至的。反正，也就是说，如果是死，由不得你，统统都得回去的。去年春天，为镰田诚一写墓记，写完才发现，最后落的是"会稽鲁迅撰"。在外乡做了一辈子文章，到老了，那管笔却偏不忘自己是哪里人。鲁迅靠着床，向侧虚一眼，看见那管笔就插在书桌的一只烧瓷小龟上，路灯的余光打进来，把它投上墙，成了一支硕大的戟。

大概是戟的分量压迫得气紧，鲁迅瘦胸里喘着，撑起半个身子，使劲一咳，却咳出一句诗：

荷戟独彷徨。

他重复了半句，又重复了半句："……独彷徨。"接着双腿向床边一顺，竟已站在了地板上。他身子偏了偏，伸手一抓，那管笔已在手里了：墙上立刻干净了，是坦荡的一片麻麻黑，只留一方孤单小镜框，很多年来，黑瘦的、留八字须的藤野先生就从镜框里看着他，像有期许，像要说话。

笔从鲁迅的手里落下来……楼下响起一片玻璃碰撞的叮当声。是海婴在收拾父亲的针药小瓶子。它们的数量已经很多了，上了百，抑或上了千，海婴一一码在纸盒里，当作玩具、珍宝，常拿出来跟伙伴们炫耀。叮当声音过去了……宅里完全地静了下来了。他试着回到床上去，手却在哆哆嗦嗦地穿衣服。因为哆嗦，竟穿得出奇地慢，他告诉自己稳住，不要忙中出错，他把每件衣服都凑近窗口仔细看过了，免得前襟弄到了后背。穿戴齐整后，他坐在床沿歇了半响，极累，心慌，却没有汗出来。等气息都歇匀了，他试着下楼去。

楼下空荡荡的，燃着一盏小灯泡。桌上的花瓶里插着万年青，那码满了针药瓶的盒子就卧在万年青的影子里。鲁迅扶着桌沿挨过去，把药瓶抽了一只在手里，嗅一嗅，是药的苦涩味，再拿来对着灯泡瞄一瞄，亮得发晕，却黄澄澄如蜂蜜。"很奇怪。"鲁迅摇摇头，在桌边寻着，桌边是黑漆漆八把木椅，再一边，是独独一张自己专用的藤躺椅。他轻手轻脚躺上去。"很奇怪。"他攥着药瓶，反复念叨着，药瓶在他手心里真的暖了起来。但他的身子却感觉越来越不舒服，躺惯的藤椅今夜有不舒服的冷和硬。他站起来，像要为自己找一个软和的沙发，但沙发没处找，这家里是没有沙发的，家具，包括桌子、椅子、凳子、床，都是硬邦邦的东西的。萧红曾问过他为什么，他夹着烟卷呵呵笑，许广平说："是先生性子硬，连饭都煮得硬些呢。"但他瘦下去了，愈来愈瘦，瘦到剩一把骨头了，骨头抵着硬东西，嘎吱吱响，痛出说不出的难过来。他躺回去，换了好几回躺姿，都找不到舒适的感觉，只得再次站起来。他想："要是有块软和的垫子也好罢。"可是没垫子，他从前是不需要垫子的。"很奇怪，"他喃喃说，"怎么会是这样呢？"从前，他总是夹根烟卷，躺在这把藤椅上看海婴跑进跑出，听客人说话，听厨房弄出来砰砰的锅铲声……他躺着，也想些自己的事情。现在，他却在藤椅上躺不住了，太硬了，也太冷了。在日本念书的时候，听到过一句谚语，"石上坐三年，也把石坐暖"，觉得真有趣，和铁棒磨针是一个意思罢，但更愣、更倔，更像一根筋。不过，鲁迅扶着桌沿阴悄悄地笑了声："发明这谚语的家伙，决计是没我今夜的心情的：倘人只是一把发凉的骨头了，石头又如何暖得过来呢？"

他在蒙蒙光线中摸索着，摸到一顶灰色的毡帽，把来戴在了头上。再摸到一块黑绸印花的布，是平素包书、包信的包袱，现在空空的，他叠齐整了，也夹在了腋下。又蹲下去，摸索一回黑帆布胶皮底鞋的鞋带，好好的。他憋口气，把要咳的那一声憋回去，推了门，轻手轻脚走了出去了。

三

外边是一方小天井，吹着风，夹竹桃簌簌地摇摆，鲁迅迟疑一小会儿，想该不该回屋拿上围巾、手套呢。

就这么迟疑着，他还是踱过去，拉开封了洋铁皮的栅栏门，他想起了他从没有过围巾或手套。他一直用不上那样的东西，今夜，冷飕飕的脖子、手却在告诉他，有一条围巾、一副手套就好多了。"去罢。"他对自己说，缩了缩颈项，把手笼在了袖筒里。

上海的这一片很安静，灯光扬起灰蒙蒙的薄雾来，弄堂口，一个女人吊着男人的胳膊走过去，嗲着道："侬——是——好——人——哩！"男人吃吃笑，鸟似的，淡入了雾气深处。鲁迅目送着两人的背影，呼口气，觉得真是什么人都可以有自家的好时光。接着他为今夜要去哪儿颇犯了些踌躇。平日下午散步，总是包了书和信去老靶子路书店的。这会儿，书店早已关门了。去敲内山完造的门，他会吓坏罢，以为见了鬼。鲁迅想到自己像鬼，不禁嘴角狞出一丝冷笑来。他不信鬼，然而是知道鬼不怕冷的，倘真这样，倒有一处冷窖般的地方可去，并不打搅旁人，那便是狄思威路上他的藏书屋：满屋书箱，重得如铁，想一想都觉得头痛。今夜，即便做个游魂，也决计不钻那儿的。实际的情形是，今夏病体小愈后，他就没去过狄思威路了。鲁迅十二岁初读《金石录后序》，深为李清照和赵明诚夫妻恩爱所感动。二十岁再读，却觉得赵明诚是个疯子，嗜物癖至走火入魔，把生锈的铜罐看得比老婆还要紧。最近一次想到赵明诚，就是这回春天从窗口瞥见了夹竹桃开花，粉嘟嘟，白的、红的，虽然有毒，却滋润娇嫩得处子般真切，忽然觉得赵明诚可怜，替他好一会儿心酸。想想为什么把书放得那么远，大概就是怕自己做了书囚吧？书囚，这是很可怕的。他迎风使劲咳了一声，再咳一声，把狄思威路、书，还有可怜的赵明诚，都跟痰似的统统咳了出去了。

在连续地咳嗽后，他感觉是放松了一些，就循着刚才那两个男女的路，也走进雾里去了。他想，这雾中原本就是有路的，一直都有人在走着。更远的地方，有人在吆喝"草炉饼"，声音胡琴般苦、哑。这声音是鲁迅熟悉的，来上海第一天就听到了，总是远远地传来，从来没想到要吃一口。有些东西就是这样罢，譬如虹口公园，也就附近几步路，也从没想到要进去走一走。天气好的时候，许广平、萧红都劝过他去公园遛一遛，今夏小愈，还真到了公园门口了，看得见柳色如烟了，到底还是没有踏进去。萧红笑道："先生是什么都敢直面的，还怕这公园藏着什么可怕的事情，好像那儿是阴山背后呢。"鲁迅也笑，说："有可怕的事情倒也没什么，我是怕那儿有我欢喜的东西，去了就不想出来了。"说完看看许广平，许广平沉吟着，却不吱声。其实，他也没有想清楚为什么。"人都是带着疑问去死的罢？"他听见自己问自己，声如火镰相砸，咋咋地响，突然吃一惊！定住神，看见是扶住一棵电杆，正立在一家纸烟铺的门前。

"很奇怪，"鲁迅喉咙里咕哝着，"很奇怪。"这纸烟铺的柜台居然是曲尺形的，灯悬得极高，光从极高处落下来，落在柜台里一个胖掌柜的头上、肩上，他嘴角衔了两枚牙签，一边唱着什么，却翻着一本皇历，正像戏台上的一个老旦。他敲敲台子，台子橐橐响，证明一切都很真实，而掌柜抬起头来，看看他，却不说话。鲁迅见了烟，就咳起来，喀喀喀地，像要从瘦胸口里咳出一根筷子来。然而，他是真的想抽一根烟了，不抽烟已半年，抑或百年了。他伸出一根瘦的手指，指着，其实是找着，他习惯的那种绿听子的烟，掌柜依然唱着、翻着，眼珠却跟着这根指头转。然而，竟没有能找到。"那就白听子罢，是前门的，待客的。"他跟自己说，声音是一片咳嗽声。

掌柜抬手去取烟，没够着，鲁迅以为他就要站起来了，不料他却又慢慢将手放下在原地方，仍旧唱着、翻着，皇历中可能藏了个谜语，他很耐心地要把它破出来。谜语，鲁迅搜集过一些，从日本回来，在北京绍兴会馆抄古碑的日子，他曾把那些总也勘不破的谜语拿来把玩，如对天书，也猜想这个造谜的人何方顽童、长得高矮胖瘦，觉得这是非常奇怪的。掌柜叹口气，把皇历一搁，看着鲁迅，像在沉吟。柜台上有笔、账簿，鲁迅就在这账簿的背面写了十五个字，推给掌柜的：

> 左弯右弯，
>
> 前走后走，
>
> 量金量银不论斗。

掌柜定了眼珠，盯着这字看，看了又看，良久抬了头，再看鲁迅，眼神极为吃力，鲁迅被他看得发毛，正寻思是不是赶紧走掉，他却嘻嘻地笑起来。他敲敲台子，很尖细地叫着："阿三！"是上海话，也可能是阿四阿五罢。

帘子一掀，里间出来一个少年，穿着像个小伙计，而神情却似少东家，手里也捧着个本子，却不是皇历。鲁迅眼前光线一亮，看见他颈子上还套着一个明晃晃的银项圈，心里就咯噔一响，如见了一个故人，却忘了他是谁了！"是掉在水里了，那些刮下的鱼鳞，在水里正如银子一样地闪亮呢。"鲁迅咕哝着，闷闷不乐。那少年却不看他，一老一少用上海话叽叽咕咕一阵，把那十五个字慢慢念了一回，好像念的不是谜语而是情诗，还有点羞羞答答。念完了，那少年看着鲁迅，用国语问："你写的？"鲁迅点头。但他摇头，说："不像。不像是你。"鲁迅没戴假牙，嘴瘪着，脸颊凹陷，像谁呢？谁也不像的，就连自己也不像。但鲁迅不辩解，一笑，一咳，待要问他点什么，却看见他手上的本子，就定了眼珠，动不得了：本子上腻着一朵朵的油，有褶皱的痕迹，都细心抹平了，还看得出是零星的单篇，是用线订成一册，上边是密密的毛笔字，娟秀而有力。这字是鲁迅十分熟悉的，如果他死而复生，还能认出的，大概就是这些字了罢。他问："你从哪儿弄来的？"然而他一张口就是咳，少年听见只是喀喀喀……像要咳出一根折断的筷子来。那些纸，是鲁迅翻译《死魂灵》的原稿。

少年从喀喀中听出了鲁迅的意思来。他说："捡来的，嗯，买来的。"

鲁迅一惊，继而是不信。喀喀喀……鲁迅在说："捡的？买的？不可能！"

"拉都路，"少年说，"拉都路有家炸油条的，用它们包油条，我就满地捡，还把剩下的都买了，油条吃了一礼拜。可惜，还是不全的。"掌柜的瞪了瞪他，说了句上海话，这话鲁迅恰好听得懂：十三点。

少年笑笑，指了掌柜的头，对鲁迅说："阿拉不是十三点，他才是十三点，搜遍了天下谜语，好比不花钱买彩票，哪天准能发大财。"

鲁迅会心一笑，其实不必少年来说。几年前有个十岁女孩在报上写过一篇论鲁迅，说鲁迅是学过医学的，只需要瞟谁一眼，就能看到他肚腹里去，知道他动没动过盲肠手术，却懒得跟他说。鲁迅读了，也是会心一笑，觉得孩子的话总是说得不错的。他再指指少年的本子，喀喀喀……问他拿来有什么用处呢。

少年说："我喜欢他的字。我读过他所有的东西。"鲁迅"噢"了声，若有所思地望着他。他似乎有一些发虚，补充说："当然，是我找得到的东西罢。"

鲁迅摇头，良久，缓缓说了一句话，这回没有咳，是终于把话说了出来了："他就要死了。"

但是少年没听到，因为老掌柜忽然把他拽过去，指着那十五个字给他看，叽叽咕咕，似乎猜破一半了。少年推开掌柜，回头看看鲁迅，做了个无可奈何的鬼脸。鲁迅重复了一遍刚才的话，然而咳嗽把话淹没了，喀喀喀、喀喀喀。少年这回也弄错了，他说："你的烟？"鲁迅叹口气，说："算了罢。"喀喀喀。"哪个牌子呢？"鲁迅说，跟自己说："那就要罢。"他指了指白听子。少年把白听子拿在手里了，却又放下去，说："这烟太冲，而且有五十根呢。抽这种罢？"他换了一个黄纸盒的，极小，捏在手里，也就似两个火柴盒，大概有十根。鲁迅去口袋里掏钱，掏遍了衣服、裤子大小的口袋，也没掏出一个毛角子。他无奈地笑笑，把黄盒儿放回去。

"没事，"少年说，"没事的，你可以明天再来付钱的。再拿一盒火柴罢，你一定也忘了带。"

四

鲁迅抽着烟，心里念叨着少年所说的"明天"。风小了一些，还吹着，烟雾和街上的雾沆瀣着，往着看不见的深处飘。夜空阴沉沉的，几颗星星在闪烁。"很奇怪啊，"鲁迅跟自己说，"有了这几颗星星的夜，倒反显得天的阔大和黑暗了，不如索性没了星星的好。"他微微哆嗦一下，扶住一棵梧桐，街的对面传来长声的吆喝：

草——炉——饼——

这一声是离得近了，是最近的一回……然而，下一声响起，却又远了，似乎远到雾的尽头了。"草——炉——饼——"游丝般飘没了。鲁迅低头看看地上，是又冷又硬的水门汀："如果我倒下去立刻死掉会如何？不如何。明天，卖草炉饼的照样吆喝，那几颗星星依旧出来，只是这一切都和我没什么关系了。"

鲁迅点燃第二根纸烟的时候，瞥见一个挑担的人跟上来，越过他，径直朝前走。从后边看，是个灰色的影子，走得不疾不徐，担子沉沉的，唯其沉沉，他的不疾不徐自有从容的富足。鲁迅跟上去，慢慢地，发现自己也不疾不徐了；纸烟也没一点辛辣味，淡到几乎没有了，却还感觉是在抽烟；呼吸稳下来，没再咳嗽了。走到一个弄堂口，那人就拣窄的走；再到一个弄堂口，依然还是拣更窄的走……路越走越窄，灯光屁亮屁亮，汗从鲁迅瘦的胸脯冒出来，再浸到瘦的肋骨去，渐渐冰凉了。他稍稍犹豫是不是还走，那挑担人忽然停下来，把手一推，居然于黑黢黢处开了一扇门。接着灯亮了，一片黄通通光线漫出来，鲁迅站在这光里，正看见那人在向他招手呢。

屋子小得不能再小，其实就是一条公用楼梯下的小三角，两把小凳子，鲁迅坐一把，那人坐一把，满屋都堆着破烂。说是破烂，却又砌得很齐整，旧衣物、旧家具、旧锅儿碗盏……各是各，一清二楚。那人给鲁迅倒了一杯水，鲁迅给他敬上了一根烟，两个人都沉默着，说不出话：一个是被破烂的气味呛了，又开始咳起来；另一个则根本是哑巴。鲁迅咳完了，问自己："我是干什么来这儿？但主人既然都不问，就当是一次歇脚罢。"

哑巴五十多岁吧，虽然拾破烂，却头发梳得整齐，胡子刮得干净，气度极从容，他把烟抽完，从担子里一样样拣东西：两把豁嘴的茶壶，一捧从木板中拔出的铁钉，几本旧书，一捆报纸……报纸落地翻了个个，鲁迅看见捆在一起的还有三厚册笔记簿。他手上不知哪儿来的气力，把打捆的绳索扯断了：那三册笔记簿订得极结实，而纸张却已经发脆、发黄了，至少在黄通通的光线下，它们是黄得如一个老人的病容的。写在上边的字，全都是日文，蝌蚪般的黑字间，夹着蚯蚓样的小红字。说蚯蚓，是说蚯蚓暗色的血，因为红字实在很陈了。鲁迅咳起来，喀、喀、喀，有一些气急，他的手指哆嗦着，将笔记簿从头翻到尾，又从尾翻到头，翻出一只布满血管的手臂来：起初一条血管的位置移动了，然后又被另一个人改回去。他还记得那个人对他说的话："实物是那么样的，我们没法改换它。"这个人是藤野，鲁迅在仙台医专的老师藤野严九郎。

"很奇怪。"鲁迅喃喃着，想起今夜出来时还瞥过一眼墙上的老师，觉得老师的确有什么话要说，"说什么呢？噢，应该是：奇怪总是在某个时辰一齐到来的，这并没什么奇怪啊。"

一九〇二年鲁迅去日本留学，先住东京的中国留学生会馆，因为不能忍耐震天的舞步声和满屋的烟尘，就去了仙台的医学专门学校。那里还没有自己吵嚷的同胞，有的是寒冷、清静、和蔼、镇定的藤野先生。藤野先生每周检查一次鲁迅抄的讲义，还回来的时候，从头到末，都用红笔添改过了。随意移动的地方，譬如那只手臂上的一根血管，也都画了回去了。藤野的年龄，也就较鲁迅大七岁罢，而鲁迅对他，如对严父。然而，鲁迅还是弃医而去了，万牛莫挽。藤

59

野先生很惋惜，但也没办法，送给他一张照片，背面写着两个字，是"惜别"。二十年后，鲁迅写过一篇《藤野先生》，那弃医从文的缘故，天下人都从这篇文章中知道了：在课堂上放映的幻灯片里，给俄国人做侦探的一个中国人被日本人捕获，将要被砍头示众，而许多中国人却在观赏，他们个个体格强壮，却木木地像等着一场好戏。教室里的日本学生呢，则在高呼着"万岁"。鲁迅的眼泪扑扑地滚下来。然而，泪眼模糊，他还是强迫自己把幻灯片看完了。一九二二年的冬夜，他在北京为《呐喊》写序的时候，幻灯片的景象还在眼里浮现着，他清楚地写下当初的心情："从那一回以后，我便觉得医学并非一件紧要事，凡是愚弱的国民，即使体格如何健全，如何茁壮，也只能做毫无意义的示众的材料和看客，病死多少是不必以为不幸的。所以我们的第一要著，是在改变他们的精神。"为这个选择，他已经做了三十年的事情了，直到昨天，直到今夜……不过，他再也没有气力做了，因为，他就要死了。他把哑巴给他倒的水端起来，又放下去，他对自己说："唔，是啊，我就要死了。我做了三十年的事情，无一日的懈怠，我改变了他们些什么呢？"拾破烂的哑巴还在不疾不徐收拾着捡来的破烂，堆在地上、靠着墙壁，实在是井然有序的。"我还不如这个哑巴罢？"鲁迅心底笑了笑，点燃一根纸烟。烟的气味给这小三角屋子添了温暖、平和，他抽着没有辛辣的烟，摩挲着发黄的讲义，觉得奇怪的事情似乎也真是不奇怪。

藤野先生给他添改过的讲义，鲁迅后来订成三厚册，收藏着，以作为永久的纪念。然而，一九一九年冬天，他从绍兴去北京，有一口书箱在途中毁坏了，半箱书散失，没有着落，而这三厚册讲义正在其中。责成运送局去查找，到今天也没个回音。那破损的箱子，后来修补好了，现在还用着，是好好的了，只是修补上去的那部分如一块疤痕，抹不掉的。这件事也写在《藤野先生》一文中，然而，读者似乎并不关心它。而这篇文章的影响之大，却是出乎鲁迅意料的，中日两边都有很多人写了信来，有学生、记者、教授，有研究历史、外交的学者，以及整日对着地图发呆的军人。他们罗列若干问题，请他详细解答：幻灯片里的景象是否还是今日中国之现实？如何看待今日中日之关系？后悔当初弃医从文的选择吗？……对来信中的诚恳者，鲁迅是再忙也要回复的，不过心中也隐隐地难过，这些来信，竟没一个问起藤野先生讲义的下落。而记这件事情在《藤野先生》中，也的确有点寻物启事的初衷。然而，竟没有人问起它。有个晚上，应该是发薪的当日罢，鲁迅买了聚顺和的茯苓饼和一本《石点头》送进母亲房间去，母子说着闲话，说到那三册讲义，还有读者的来信，他依旧有些怅怅然。母亲默然一刻，劝慰说："他们也是没错罢，你之于他们，总是关涉书、国家、邦交一类的，是大而言之的。而那三册讲义么，不过是你私人的事情。"鲁迅道声惭愧，心里渐渐雪亮了。今夜的上海，无论仙台开放过的樱花，还是母子的闲话，都很依稀了，而讲义却回到了他手里。他初觉如梦，掂一掂，是有重量的，似乎还重了些，多了十几年在人间漂泊的风尘。"是罢，"他忆起母亲的话，"这是私人的事情。而这世上属于私人的并不多，大概就是一小点。"他想到，"这一小点东西终归丢不掉，而别人也不会有兴趣：倘这样，那最好。"

　　他把先前夹在腋下的那块黑绸印花布拿出来，展平了，将讲义仔细地包好。哑巴也在仔细地看他，等他要从口袋里掏出什么来。鲁迅记得自己身上没钱，就连一盒纸烟也是赊来的，但还是耐心地掏，希望能出现奇怪的事。钱的确没有凭空生出来，而他的手倒是摸到一块硬实的木头，待摊在掌心，水样的黄光下，竟是一方印：刻着两个阳文，是"生病"，大概原是白色木质的，却被黄光染出了病容来。这是鲁迅无力回信后，用在回执上盖的一个章。

　　哑巴把"生病"拿过去，使拇指、食指夹了，对灯泡瞄了瞄。他见的东西一定很多了，据说北平琉璃场的古董商，一半都是捡破烂出身呢，这哑巴！哑巴看得出，这印章不是值钱的木头，但三册讲义，也不是值钱的纸。他点点头，鲁迅明白他的意思了："好吧，这样很好的。"

五

出了哑巴的小屋，鲁迅急急地回家。他想起海婴睡了，许妈睡了，许广平也睡了。伊睡了，却一定不能睡熟、睡深、睡踏实，伊的心事太重了。伊要看顾着一个病人，一个小孩。或者说，一个就要死去的丈夫，一个还没长大的儿子。不过，伊也可能真是睡着了，因为过累，换了谁也会累得睡着罢。不过，睡着还有梦，梦也可以扰得人发慌。鲁迅想起做过的梦，美梦罢，醒来就是破灭；噩梦罢，凭空受一回罪。"然而，有谁拿梦有办法呢？即便是大禹爷，也只是理水，哪理得了梦？"他念叨着，寻路回去。路其实并不记得了，但进来的时候是拣窄的走，现在拣宽的走就该不会错。

风没有了，雾将散未散，路越走越宽，灯光也愈是亮堂，然而鲁迅嗅到雨的气味，雨还没落下来，却已经在路上。每回出门，他总会使鼻子长吸口气，测一测有雨没雨。海婴问他："雨是什么气味呢，爸爸？"他不会对儿子撒谎，照实说罢，却说不出个子曰。雨什么气味？自然有点湿湿的、凉凉的，如水，却又裹着天上的灰尘，而灰尘飘浮阳光留下的气息，那么阳光呢？……说下去，愈不明白了。最好的回答，似乎只能像所有捡懒的父亲那样说："你大了就懂得了。"然而，鲁迅是不愿意这样敷衍儿子的，他说："待爸爸好好想一想，想清楚了再告诉你，好不好？"海婴点头，一边玩去了。也许这个问题就此撇到了一边，然而鲁迅还在想着，还没有想明白。此刻他寻路回家，心中再升起这个念头，叹口气，只能承认，语言、文字原是极其有限的，黑白的事情可以说得一清二楚，而微妙、含混、矛盾处的种种感受，却是愈讲愈糊涂，譬如某时一句话，也许只是一闪念，却成了根钉上棺材的钉子……就这么想着，鲁迅忽然听见门铃叮当一响，发现自己懵懵懂懂，竟撞进了一家咖啡厅。

咖啡厅是鲁迅极少要去的地方，距离上次进咖啡厅的时间，大概已经过去了一百年，所知的印象是屋宇逼仄而光线含混，男人女人的面前放了一杯、一碟、一勺，勺在杯中不停地搅，眼睛探究着或躲闪着对方，说不完的话，说了又说，早已口干舌燥，而杯里浑浊的汤，还只啜掉了一点点，这也是很奇怪的事情罢。

然而这回不一样，他甚至不能确定这是不是咖啡厅，蒙了格子布的桌子都推到了两边，中间豁然一块空地，十几个青年靠着桌子，或者坐在桌上，有的手里端一个杯子，有的双手抄在怀里，看见鲁迅进来，都齐刷刷看向门口，十几个人聚起来的目光，刺得鲁迅的眼睛发黑。他伸手去找件东西扶一扶，但是没有，只好吁口气，按紧自己瘦的胸脯，到底还是稳住了。他们看着他，他看着他们，觉得在这含混的光线下，他们像是一幅珂勒惠支版画里的人……然而，他们的样子是很丰衣足食的，是很心中有数的，跟珂勒惠支的那些苦痛的众生并不一样罢。正怔怔地想着，一个穿旗袍、系白围巾的女子朝他踌躇着走过来。伊的一只手是空的，却像提了个篮子，另一只手也是空的，却像拄了根竹竿，这样子鲁迅很熟悉，似乎伊是从哪本读熟的故事中走出来，他预备着伊要来说什么。说什么呢？鲁迅一时记不得。但是，伊一开腔他就雪亮了，伊说："你回来了？"伊的目光死了般定在他身上，定得鲁迅微微地哆嗦。

"是的。"他说，然而咳嗽把他的话淹没了，好在他点了点头。

"这正好，你是识字的，又是出门人，见识得多。我正要问你一件事——"伊的眼珠一轮，放出刺目的光彩来。鲁迅吓了一跳，不是因为伊刺目的眼神，而是觉得这女人奇怪得可怕。

伊再近一步，放低了声音，极秘密似的切切地说："就是——一个人死了之后，究竟有没有魂灵的？"

鲁迅木木地看着伊，这个问题在日日地迫近他。"因为我就要死了。"但他没去想过魂灵的事，对于魂灵的有无，从前他自己是向来毫不介意的，而在久病不愈之后，他也在躲闪这样的念头。古人说过罢，魂灵之于肉体，如刃之于刀子，刀子不在了，刃又安能独在呢？然而，他木木地看着这个伊，木木地点了头，他知道自己说话要咳嗽，点头就是"有的，应该是有魂灵的"。

伊也点点头，冲鲁迅挤了挤眼睛："那么，也就有地狱了？"

鲁迅立刻有一些慌神，不是因为地狱，而是伊眼睛里挤出的狡黠。伊为什么要挤眼睛，而且是在问到地狱时？他把拳头拧紧了，预备着伊还会有更可怕的什么举动来。然而伊做了个抹脸的动作，把狡黠抹下去，不依不饶再问道："地狱，是有的罢？"

咖啡厅静得出奇，十几个人都围过来，有个人在抽鼻涕，呼呼如同风箱。鲁迅被这么多眼睛看着，很犹豫地摇摇头；继而，却又点了点头。

"那么，"伊把一只纤纤的手伸过来，抓住鲁迅手腕的枯骨，"死掉的一家人，都能见面的？"

鲁迅的枯骨被伊抓得很痛，很不舒服，谁也不会想到，伊的纤手就跟鹰爪似的有力量。他使劲要把伊的手弄下去，然而伊越箍越紧，咬了薄嘴唇看鲁迅，有些发狠、有些发哆。鲁迅难受得不得了，再一甩，还不行，突然咳起来，喀喀、喀喀，他瘦的胸膛悲愤地爆破着，光线含混的、静谧的咖啡厅，轰轰回响着剧烈、悲痛的死魂灵。

伊一哆嗦，纤纤手从鲁迅枯骨上滑落了下去。满场悚然，待轰鸣的咳嗽声之后，一片掌声和喝彩。"好！"他们叫着，"好！"

这是一帮爱文艺的青年，聚在打烊的咖啡厅，正排练据一个小说改编的话剧。

六

有一个青年像是导演，脖于上吊了根化格的围巾，朝扮叫花子的姑娘做了个手势，伊就把鲁迅扶来坐下，还端过来半杯咖啡，一碟浊色的点心。伊说："吃罢。多吃些。"鲁迅是需要吃点什么的，他很久都没吃东西了。于是，他俯身呷了呷咖啡，咖啡没放糖，苦得如黄连。拣了块点心进嘴去，却没假牙可咀嚼，半响也不能化渣，只能使舌头反复舔。姑娘笑起来，那导演也笑起来，十几个青年都围着鲁迅，很有兴趣地看着他。导演再次打了个手势，说：“他真能表演。他有这个才能的。”多数人附和着，说：“是呢，他是能演的，这老大爷。”但叫花子姑娘不同意，伊说：“他不是表演，是本色……噢，你慢点。”然而鲁迅已经很慢了，他从没有这么缓慢、坚忍地对付过一块小点心。

导演把双手反抄到两边的夹肢窝，也很耐心探究了鲁迅一小会儿，他说：“猜猜罢，这大爷是做什么的？”那叫花子姑娘说：“像一个教授。”但另一个姑娘小声小气笑起来：“教授么，倒是越教越瘦的。可是，他还是不像，看他那撇胡子，该是个账房罢，或者是师爷？”然而，并没有人同意别人的猜测，有人说鲁迅是郎中，有人说鲁迅是相士……导演终于有些不耐烦，叫了声：“阿毛！”

鲁迅一惊：“阿毛？”他伸手在空气里探了探，似要在含混的光影中摸出一具确切的轮廓来。有人应了声，是个矮而白胖的年轻人，当然不小了，但在话剧里扮儿童还是颇多天趣的，他的脸就圆得像苹果。导演说：“阿毛，你还没说呢，你说话总是语惊众人的，童言无忌嘛。”阿毛憨憨地一笑，说：“好像一段呆木头。”众人果然笑起来，说：“这阿毛！”只有叫花子姑娘噘嘴表示了抗议：“不要拿这个开玩笑。”但大家还是笑，只有鲁迅一个人沉默着。导演说：“是的，他很沉默，他不说话。"阿毛说："因为，当他沉默着的时候，他觉得充实；他若开口，同时感到空虚。"鲁迅都听见了，他舔着嘴里总也舔不化的小点心，念叨着："很奇怪，为什么他们都在表演给我一人看？阿毛不是被狼吃了么？死而复活，长大了就带了点狼性？"隔了张小桌，鲁迅看见一本熟悉得不能再熟悉的书，他撑起来，扶着桌沿挨过去，把书翻到某一页，他想说："你们是在排演这个故事么？"但他们听到的只是喀、喀、喀，他们不回答。鲁迅再翻到前边有作者照片的那一页，他说，喀、喀、喀……"你们听过他是怎么说的么？"他们依旧不说话，他们面面相觑，不知道他在说什么。于是，他们就把这个老大爷撇在了一边，喝咖啡，自己聊天了。

那个叫花子姑娘是复旦外文系学生，忽然着急，说时候不早，怕进不了校门了，导演就哼一声，说："婆婆妈妈，还出来做文艺？"鲁迅听出来，导演从四川某县来，跑街，睡亭子间，找不到事情做，就写诗、写本子、排戏、会朋友，正过着极潇洒的日子。那个阿毛呢，大概是个买办的儿子罢，也读书、也写诗、喜欢新文艺，咖啡厅是从他堂兄那儿借来的，场地免费，吃喝算钱，阿毛自然都包了。看叫花子姑娘发慌，他说这没关系，把桌子拼拢，即是通铺，十几个人睡觉都不成问题。其他人听了犯愁，去留不定的样子。

他们中学生最多，其次是记者、画家、警察、校工，还有一个绍兴口音的，在会稽大酒楼跑堂，明天均还有生计要谋，不敢逍遥，但在导演的炯炯目光下，开不了口。导演摇头，喟然叹息，说："我真傻，真的，我单知道庸碌众生才会瞻前顾后、锱铢计较的，我不知道为新文艺的人也这么柴米油盐、鸡毛蒜皮。真的，我真傻……"大家一愣，叫花子姑娘先咯咯笑出声，还打他肩膀一下，骂："糟蹋圣贤！"导演得意不语，侧脸看着鲁迅。

鲁迅的舌头舔不化小点心，就把它吐出来，吐在掌心里，拿拇指稳稳地按，眼见它渐渐地塌下去，正是一块糕。他把这糕看一回，放入嘴，感觉是：甜……细……他实在是饿极了。他就这么重复着，把一碟点心都吃完了。导演很感慨，他说："看到罢，人总是返老还童的。"众人一片唏嘘。鲁迅撑起来，觉得是戏也该散场了，他径直朝着门外去。

但是有个人一横手，把鲁迅挡住了，这便是阿毛。阿毛说："吃喝是要收钱的，老大爷。"鲁迅点点头，在口袋里反复掏，然而没有毛角子，也没有掏出值钱的印章来，他看着阿毛，木木地立着。叫花子姑娘嚷起来："就不能算你请客么？你是识字的，又是有钱人。"阿毛学导演，把双手反抄到腋下："我可以请客的，不过要等他自己说出来。"鲁迅看看阿毛，又看看围了一圈的人，没一个人再吭声。良久，阿毛指指鲁迅腋下的包袱，说："这个可以先抵押着。"说着，手一长，已经把包袱抽了过去。他把黑绸的印花布在桌上展开来，看出这是一块旧年手工的织品，现今已是难找了，于是圆脸漾起笑意来。叫花子姑娘凑过来看那讲义，他说："哪年的老皇历！"随手一扔，正落进暗处的字纸篓里，声音极小，仅仅风声一紧。鲁迅扑过去，却被许多的手架住了。他咳起来，咳得胸口乱针扎着一般痛，却只呼哧呼哧响，咳不出一点喀、喀声。他甚至连呼哧声也没听见，觉得自己是在低唱着两句词：

　　阿呼呜呼兮呜呼呜呼，
　　爱乎呜呼兮呜呼阿呼！

　　他很快就累了，被那些人轻手轻脚架出了咖啡厅的门。然而在不明就里的人看来，他正是被他们前呼后拥着。

　　外面刚下了一场雨，现在已收了，空气新鲜得让人头发晕，地面湿漉漉，街灯漫过去，仿佛听得见流水声。鲁迅忽然一下子淡定了下来：灯影里，侧身站着个少年，正很耐心地等着他。少年全身的青衣，颈上吊着银圈子，背上斜挂着一块清澈、透明的铁，似一片长长的韭叶。让鲁迅彻底安静的，是少年黑而澄澈的眼窝中有极柔的东西在放光芒。鲁迅静下心，觉得也有极柔的东西从胸膛升起来，水一样地把刺痛、气急、咳嗽都滤去了……那些人还站在他身后。他回头说了一句话："我把你们一个个都宽恕了。"

这是他对世人说出的最后一句话。然而，他们没有听清楚，因为鲁迅没有戴假牙，他的声音和咖啡厅的光线一样含混，除了许广平，大概没人能听懂他在说什么。

也没人看见灯下有那个青衣的少年。

七

鲁迅跟着那少年往回走。慢慢地走，静静地走，走得踏实、疲惫，然而又熨帖。走到了大陆新村九号的门口，少年回头看了一眼他，像有期许，像要说话，然而，终于在路灯的薄雾中淡去了。鲁迅缓缓咳了声，跟自己说："他回去了，我回来了，一点都不奇怪。"

他在黑暗中摸进自己的房间。纸烟盒中还剩一根烟，他在床头柜上找到熏得焦黄的烟嘴，细心把烟装进去。这是从前海婴每天早晨要为爸爸做的事。"从前，"鲁迅躺下去，把被子拉到下巴上，心底升起一句话，"从前，曾经那么好过。"

几个小时后，鲁迅先生死去了。

十月二十二日，葬于上海万国公墓。

一九五六年，移葬虹口公园。

刻有"生病"的白色木质图章，现存上海鲁迅纪念馆。

藤野严九郎添改过的三厚册讲义，中日的鲁迅专家仍在寻找中。

2005 年 1 月 31 日—3 月 6 日，成都狮子山桂苑

李将军

一

李广的军中从不敲刁斗报时，但到了该是五更天的时候，李广都会醒过来。他用耳朵压着枕头，听地面上有没有马蹄的声音。他用左耳听了，又用右耳听。军中的将士都在酣睡，百十座营帐沿湖、沿河散落着，匈奴要来偷袭，现在就是最好的时候。他听了一阵，只听到一种均匀、有力的气流声，他知道，那是风刮过草原的声音。眼下的漠北，正值草黄马肥呢，风显得爽朗而又温和，透着点儿腐叶或陈酒的气味。这个季节，边境上总是格外地安静。相安无事的局面，一直要持续到第二年的开春。到了春天，北边的天空中会突然升起滚滚的烟尘，那是饥饿的匈奴人南下抢粮来了。他们皮袍肮脏，骑着快马，举着弯刀，就像解冻的冰河，喧腾、拥挤、闪闪发光。那时候，李广总是站在烽火墩上，迎风眯缝着双眼，望着这忽而向东、忽而朝西的烟尘，沉默不语。他的神情，如同一个上了年纪的庄稼人，望着铺天盖地而来的蝗群，心事重重的样子。他真的是上年纪了，因为时常眯缝着双眼，他的眼角牵出了很长很深的鱼尾纹，它们在脸颊上画出弧线，一直伸进了他的嘴角。

李广其实要比那些皱纹更早地知道，自己是见老了。五更醒来，一切平安无事，他却再也睡不着了。他曾经很多次负伤，肩胛和大腿都被匈奴的弯刀砍过，面颊上也中过箭矢。现在，这些愈合了多年的伤口会让他感到隐隐地发疼。他的身下铺着熊皮和狼皮，盖着厚厚的羊毛被子，但旧伤发疼的时候，他还会觉得身子发冷，有一种浸在凉水里的感觉。他就对自己说："你是连骨头都冷了，什么都把你暖不过来了。"他就在黑暗中望着帐篷的顶子，默数着身上到底有多少伤疤。每天数的数都有出入，有一回数到了二十九，而另一回却数到了三十三。他又对自己说："你看，你连这个都数不清了。"不过只要是能够数出来的伤疤，他总能回忆起受伤时的情景。他就有点吃惊，咦，每一处伤都差点收他的命，也就是说，他每一回都是死里逃生呢。

想到自己总在沙场上死里逃生，李广就想："还不如那时候就死了的好。那时候年轻，无名无姓，也就无牵无挂，死了也是死得干干净净的。战士嘛，死在敌人的刀箭之下，也算是没有辱没了先人。现在年纪一天天上来了，人也一天天变得怕死起来。"他明白自己总归是要死的，在睡不着的时候就设想了很多自己死亡的方式，但都不敢往深处去想。上了年纪，总是牵肠挂肚的，何况是生离死别呢？他想："自己打了一辈子恶仗，现在是越来越怕死了。"李广觉得自己很可笑，也很悲哀。人活到气力不济了，连羊毛都暖不了骨头了，为什么偏偏还想赖着往下活呢？

李广治军，《兵法》上说的那些条例都不放在眼里。或者说，李广基本上是不读《兵法》的。以行军来说，天黑了，走到一块水草丰茂的地方，他就把剑一按，说："歇了吧。"将士的营帐就东一搭西一搭地扎下来。漠北苦寒，李广就叫炖了羊、煮了酒，抬到营帐分发给将士。他说："吃了吧。"几千张嘴一齐动起来，那声音就像风在移动沙丘。酒肉用过了，人就疲乏，李广说："睡了吧。"眨眼间营火熄灭，军中一片漆黑，将士、马匹，还有石头和星星，都死沉沉地睡过去了。李广也睡过去了，不做梦不打鼾，睡得安稳、平静。他说话很少，说出来的都简明扼要。作为一个将军，他说"歇吧"、"吃吧"、"睡吧"的次数，比说"冲呀"、"射呀"、"杀呀"要多得多。在他看来，后边那些话是可说可不说的，知道怎么做就好了。他喜欢安静，军中从不敲刁斗来报时辰。刁斗在他的军中，仅仅是能够盛一斗米造饭的铜锅。

现在还跟从前一样，不敲刁斗，李广也知道五更天到了。现在跟从前不一样的是，他醒过来就再也睡不着了。在黑暗中，他觉得自己那么畏惧寒冷、害怕死亡。想到衰老、死亡，他忽而觉得悲凉，忽而觉得焦躁，再后来就觉得非常口渴。就这么自己折腾着自己，他从被窝里钻出来，在帐篷里寻羊皮口袋，找酒喝。年轻的时候，他能一口气喝干半口袋酒。现在他不敢了。喝急了要呛人，而且酒是冷酒，不在嘴里暖一暖，喝下去骨头冷，连肠子都冷呢。

喝了酒，他就赶紧活动身子。在他的帐篷里，挂着五六张二石的硬弓。他就取过弓来，一张一张地拉。拉完百十下，身上就有了一层毛毛汗，终于见到了一点儿暖意。那汗黏黏的，李广以为那是从体内逼出来的酒。但在帐篷里放空弦，余音老跟着耳朵边嗡嗡回响，他觉得自己就跟闭在一口瓮里似的，眩晕得难受。最后他朝着被窝钻回去，他对自己说："老了，就这样吧，就这样已经不错了。"

但并不是每一回他都能找到酒喝。有时候他在黑暗中摸遍了帐篷，摸到了几只羊皮口袋，却都是瘪的。长案上有一口带勺的小铁锅，拿勺搅一搅，是咋晚喝剩的羊肉汤，都冻成了胶质。他的心就慌了，有一种六神无主的感觉。他想到酒，忽然觉得饥寒难耐，唯有那酒可以填饱他、温暖他。酒已经不是酒了，而是热热乎乎、光光滑滑的某个东西。他那么需要酒来安抚，而他却找不到一口酒喝。他就对着帐外大喊："顺儿！顺儿！"顺儿是他的亲随小兵，白天替他牵马匹，晚上替他铺被窝。在大漠深处的后半夜，李广的呼喊听起来又苍老又凄惶。"顺儿顺儿"，也可以听成是"随儿随儿"。喊一阵，没有应答。李广这才想起，昨夜大将军卫青遣人送来好酒，将士们一宿狂欢，顺儿一定醉了，睡在不知哪座帐篷呢。

知道做什么都没有办法，李广心里反倒安定了一些。他把衣服、软甲、战袍一件件穿在身上，把袖口、领口和肚带都小心翼翼地扎得很紧。然后他携了一张弓、一壶箭出了帐篷。他的坐骑是一匹黑马，隐在帐外的某个地方，成了夜色的一部分。李广将手团成拳头，伸到嘴边，低低地打了一个胡哨。跟胡人打了四十多年的仗，李广以为自己在很多地方都越来越像一个胡人了。他发出的哨音，他在马上的坐姿，他眼里的疲惫和忧郁，以及他长时间的沉默，都染上了大漠的颜色。但他也经常在嘲笑着和否定着自己："你怎么配当一个胡人呢？胡人有你那么怕冷的么？胡人有你那么怕死的么？"李广曾在近距离将一根根箭矢射进胡人的咽喉和面门，但他们仍举着弯刀左冲右突。他肩胛上的那一刀，就是一个被射得像刺猬似的匈奴骑兵砍的。李广得出的结论是："什么是胡人？胡人就是一些没有恐惧感的人。"

黑马应着胡哨，悄无声息地跑了过来。大漠的星光勾勒出黑马高大而优雅的轮廓，但它却那么谦卑地矮下身子，几乎是把李广拱上了自己的背。风从匈奴人那边吹过来，李广抖了抖身子，坐稳了。他的战袍是灰山羊的老皮子制的，又厚又重。黑马载着穿灰袍的李广，朝北边儿得儿地信步走了。李广的箭壶中，几粒白点在黑夜里摇摆，那是箭杆上缠着的白色雁翎。

黑马的步点很均匀，李广歪身坐在马上，迷迷糊糊的，有一阵子，他差不多是睡着了，还梦见自己躺在一只摇篮里，被一只散着乳香的手轻轻地摇晃着。李广知道是在做梦，但他还是眯缝着双眼，想让摇篮里的感觉多持续一会儿。

等他睁开眼睛的时候，已经离他的军营很远了。在阴山黑黢黢的影子下，辽阔的大漠深处捧出一弯弧线形的光芒。夜色正是又浓又稠，那弧光借助微弱的星光而闪耀着，好像随时都会融入夜色，但又真真切切地不会消逝。李广知道，这弧光是大漠中的季节河，在抵近冬天飞雪到来之时，它就悄悄地枯干了。

在天亮以前，季节河就成了李广眼里唯一的目标。

他策马向河流的方向去了。他想在饮过马后折转回去。他估算时辰，拂晓的时候，他可以重新望见自己军中飘扬的大纛。

风擦着草梢和马蹄，李广已经不觉得那么冷了。已经冷过了头，对冷也就失去了感觉。他只是觉得饥渴，他想，在河里饮马的时候，自己也该捧点河水来喝一喝了。他从马背上下来，想自己走几步，活动身子。

就在这个时候，李广感觉到风声突然一紧，黑暗中传来低沉的呼吸声，有点像某个人闷闷不乐的叹息。刚刚还感觉遥远，眨眼工夫，李广就嗅到了一股腥臊的气味。同时，他听出了那种像猫一样轻盈而警觉的步伐。他能感觉到这气味和步伐中透出的饥饿和兴奋。李广的心情一下子平静下来了。大敌当前，危险逼近的时刻，他的思路总能在瞬息间变得清晰和精确起来。

但这一回，李广的平静中还是有了一分隐隐的不安。他知道，他遇见了一只老虎。

二

李广这辈子，射死过很多人，也射死过很多飞禽走兽，但从来还没有机会同一只虎对峙过。作为一个射手，都希望通过射杀老虎来增添自己的光荣。李广年轻的时候也是这么想的。年纪大了，他的看法有了变化。虎对他来说，就已经不再是虎了。有一年春天，他率军路过马邑城，顺儿带了个瞎子来见他，说是塞外有名的算命先生，叫作王朔。王朔的须发都白了，皮肤却白皙得透明，衣衫褴褛，像个乞丐，却又干净得一尘不染。李广觉得古怪。李广上年纪后，对古怪的人都心存几分畏惧。顺儿说要请王先生算命，李广就说："算吧。"王朔把李广的头、肩膀、胳膊还有腿都细细地摸了一遍，却来问将军有什么心事。

李广就说："我做二千石的太守，侍候了三朝皇帝，到现在也还是二千石。我是不是要这样一直做到死呢？我原来麾下有些将士，都早已经封侯了。我的从弟李蔡，还位列了三公。也许我的命中，就没有拜相封侯的那一天吧？年轻的时候我随孝文皇帝出行，陛下就说过我生不逢时呢。"

王朔说："不然。每个人的命是一定的，但变数却是没有准的。我刚才摸了将军的骨相，将军一生机警、敏捷，性近于猫。"

李广眯缝着眼睛，点点头。他们坐在营帐外，看风挟着沙尘乱跑。阳光落下来，却亮得扎眼，把人的骨头都晒酥了。那真是一个大好的太阳天。李广想，一个塞外的射手，没有猫一样的机敏，早就死在匈奴人的弯刀下了。

王朔说："将军的命，变数都在一只虎上。将军，你还没同虎照过面吧？"

李广心底咯噔了一下。他说："是的，还没同虎照过面。"

虎是猫的近亲。虎也是猫的冤家。王朔说："将军哪天射杀了一只猛虎，可能就是你否极泰来的时候了。"

李广问："怎么样才算是猛虎呢？"

王朔说："这是没有一个标准的。总之，越凶猛越好吧。"

李广送了一颗鸽蛋大的红宝石给王朔。这是从一名匈奴将军的脖子上摘下来的。李广向来疏远那些算卦看相的人，但这次是将信将疑了。对一个北方射手来说，和虎相遇本属寻常的事情，为什么自己就偏偏没有这样的机会呢？看来，真的只有拿命来解释了。

李广见到过的老虎都是些死虎。身上插了几支甚至几十支箭，刀、叉还在上面捅了很多窟窿，真的是血肉模糊。看到威仪丛林的兽王落到这种结局，李广心里就有几分悲凉。每次摸着死虎的额头，他的指头都在它的眉心停下来。虎的眉心长着一撮白毛，他想："我能一箭射穿这儿，无损于它的高贵。"

现在，一只老虎终于向着李广走来了。这是大汉孝武皇帝元狩二年深秋的事情，天还没亮，夜色浓得像砚台上刚刚研开的墨汁。

李广看见的，其实只是黑暗中两只蓝荧荧的眼睛。他的周身都被虎的腥臊气息包裹着了。他的弓和箭已经先于他的意识拉出了一发千钧的姿态。

但是，那虎突然停住了脚步。它用蓝荧荧的眼睛久久地打量着对手，甚至还用鼻子在反复地嗅着。李广的箭，稳稳地对准了那一对蓝眼睛的中央。在长久的僵持中，他能听到虎的呼吸，听到自己血液的流动。他对自己说："你要的那个变数，到底还是来了。"

李广其实不需要再等待，立刻放箭也应该有十分的把握。即便是匈奴族中的射雕人，也没有李广发出的箭那么准确和刚劲。不过，他还是想再等一等，因为他已经等了四十多年了，这一刻，他不想着急。也许，他想等到老虎撞入他的怀里再动手吧。等到虎的柔软身子能让他感到暖意的时候，再把箭平稳地插进它的双眼之间。

然而，那一双蓝眼睛正在慢慢地消逝，像被风吹得远去的星星。虎的腥臊变得淡薄起来。李广心中"阿呀"一声，他惊讶地发现，虎正在它的猎物面前小心翼翼地后退。这一发现，真让李广百感交集："什么样的人，才能不战而逼退一只老虎啊？"

就这么眨眼间的犹豫，李广没有将箭射出去。风声呼呼作响，老虎发出尖厉的长啸，夺路狂奔而走。李广心神陡然大乱，他来不及唤马，就徒步追了过去。

黑暗中什么都看不见。好在虎是逆风北行，李广就循着腥臊的气味奔跑着。但是虎的速度要比人快多了，李广跑了一会儿，就被远远地甩掉了。

他奔上一座山包，迎面是辽阔的草原，季节河的弧线在闪着淡淡的光。他用箭守住河流，他知道只要老虎涉水，河水就会出现波动。

果然，河水动了起来。虽说只有浅浅的浪花，但李广却瞅得十分亲切。他右手一松，箭矢破空而去。距离遥远，李广这一箭截在浪花的前边。箭杆上的雁翎在黑夜中画出一条耀眼的白线。

河中的浪花似乎激溅了一阵，然后归于了平静。李广吁了口气，他算准那虎中了箭，带伤上岸，也走不了多远。天亮以后，循着草地上的血迹，一定可以找到它的。

但天却迟迟不亮。李广心里焦躁起来，就下山往河边走过去。他知道现在差不多到了匈奴人的腹地，算是深入险境了。本想打个胡哨唤马，犹豫一下，也就算了。河边都是湿地，脚踩在上边总是不得劲儿。他穿得多，奔跑时出了汗，粘着皮肉，又冷又重。腿脚伸进水里，立刻就像有千万根针扎进来，疼得他连连呵气。胡地的秋水可以冻坏马骨，此言真是不虚啊。

河水不仅是冷，而且很急，李广顺着水势斜斜地走着。上了岸折回头看看，根本就找不到下水的地方了。他发现自己走进了一片芦苇丛。干燥的芦苇叶被他的身子弄出一片哗啦啦的声响。有些叶片擦着他的脸颊，就跟擦着一块树皮似的。十五岁在老家陇西成纪县，他第一回纵马驰入芦苇丛搜捕一头负箭的黑熊，叶片将他的脸、胳膊、大腿划出了多少血口子啊，那些新鲜的、红润的血，发着烫烫的、甜甜的气味。现在，那些刀片似的叶子再也伤不着他了。他想："我的脸已经是一块树皮了，再往后，就是一块石头了。我真成了石头的那天，叶子伤不着我，刀子也伤不着我了。一块石头嘛，什么冷呀，什么死呀，就都不怕了。"

从芦苇丛里抬起头来，他看见老北边的天上悬着几颗星星，就像一只长长的勺子。"朝那勺子走吧，"他对自己说，"朝那勺子走，就不会迷路。有勺子嘛，说不定就能喝着肉汤呢。"

就这么想着，他真像是嗅到了一股熟悉的气味。起初他还不相信，但他的肠子已经痉挛起来，又清又苦的唾液浸满了他的嘴。在野外漂荡了四十年，他知道肠子和嘴是不会骗人的。

穿出芦苇丛，他看见就在很近的地方，立着一座白色的穹庐。帘子卷起来，一炉牛粪在帐里静静地燃烧，红色的火，升起蓝色的烟。炉子上置着一口黄澄澄的铜锅，煮肉熬汤的香味就从那儿朝着他飘过来。

三

李广二十岁娶妻，五年后纳妾，育有三儿一女。三十岁后，李广绝欲，就不再亲近女人了。陇西李家，世代都擅长射击。李氏先人中，最早扬名的是秦国的将军李信。秦王嬴政二十一年，李信率一千弓箭手随王翦伐燕，连战皆捷，一直将燕太子丹逐入了辽东的衍水。燕灭之后，太子丹的门客扮作游侠，邀李信比箭。李信新贵，沉溺于勾栏瓦舍。比箭的那天早晨，他从花街出来，鼓足了劲儿也只能拉开一张描金绘彩的画眉软弓。箭射到对手的胸口，就像秋叶一样飘落下来了。而他的左臂，却被深深地射入了一箭。箭头淬过毒药，还带了倒钩。伤口溃烂，三天后李信就死了。死前他留下一句话："弓箭世家，以妇人为大敌。"

李信的话显然是说重了。如果真的没了妇人，弓箭又如何世代相传呢？但所谓开弓放箭，倒真的第一是气力，第二才是准确。妇人自然是大耗气力的。没有气力，连拉开一张画眉软弓都非易事呢。不过，李信既然把话说绝了，后人也就无法遵循。到了李广这一茬，已经是乡间的平民了。

李广的父亲在射猎一只豹子时，被豹子扑过来咬死了。李广就由寡母拉扯长大。寡母说："李家要在垄亩中直起来，还是只有指望弓和箭。但弓必是硬弓，箭必是利箭。要开硬弓，就得有气力。气在力先，要有力必先养气。儿啊，你知道如何养气么？"李广还小呢，却说："母亲，儿都晓得。"寡母说："你都晓得，就不是娃娃了。养气的首要是什么？"李广说："不能泄气。"寡母说："不能朝哪儿泄气啊？"李广说："不能朝女人那儿泄气啊。"寡母垂下泪来，说："好儿子。"

李广死后二十八载，即孝武皇帝征和二年，中书令司马迁写出了一部《史记》。书中叙到李广，有这样的话："李将军身子高大，两臂若猿，可以自由伸缩。他擅长射箭，确属天性使然啊。即便是他门下的高徒，抑或他自己的子孙，也没有谁的射艺及得上他本人呢。"但《史记》的作者忽略了一点，体貌其实都可以血亲相传，却唯有李广一人服从了祖训：勤练武，远女色。

孝文皇帝一十四年春天，匈奴骑兵大破了萧关，南下掠夺牲畜和粮草。李广以良家子的身份主动投军。初次上阵，第一箭射落匈奴的大纛，第二箭射翻匈奴的白马将军，从此轰动漠南漠北。战后，李广被提拔为汉廷的中郎官。那时候，李广还不到二十岁。这个年龄，对未来做任何的想象都是不过分的。

这种想象在四十多年的时间里，被干干净净地洗去了颜色。他的射艺还和从前一样，已不能再有进步，就像他渴望的光荣也没能再增添一点。他已经老了，但心还没有死尽。机会是越来越少了，他就越来越珍惜最后的机会。他对自个儿叹息说："唉，你是死期不远了，咋还那么恋生啊？"

顺儿知道李广晚上睡不热被窝，就说："这正常呢，四十非棉不暖，五十非帛不暖，六十就非肉不暖了。"他又说："赶明儿到关外的集市上买个胡人女子回来给主子暖身子。"李广正喝着羊肉汤，就一口啐在了他的脸上。李广骂道："狗奴才，你想废了我么？！"

顺儿反笑了，他说："我知道主子是要留那一口真气射老虎呢。"

李广依旧喝汤，默然不语。

四

作为一个射手，李广的眼力、听力要远远优越于嗅觉。但对于那些极少接触的东西，他的鼻子会陡然变得灵敏起来。比如，黑暗中老虎的腥臊。比如，他现在从那白色穹庐传出的羊肉汤气味里，就闻到了几丝妇女的气味。妇女的气味就跟老虎的气味一样，让他生起了隐隐的不安。

当然，这种不安很快就消失了。因为对那些惯于往来沙场的战士来说，妇女的气味应该首先意味着安全。李广收起了弓箭。一个寒冷、饥渴和孤独的夜行者，都会朝着一个有火光的地方走去。李广走进了这座敞开的穹庐。他走进去，帘子便垂了下来。

牛粪炉子的火焰呼呼地响，热气流把李广的眼睛熏出了泪水。他泪眼模糊地看到，穹庐很大，顶上挂着两盏羊角灯，光线依然迷迷蒙蒙。靠北的地方还拉了一道帷幕，就像穹庐里还套着一座帐篷。帷幕那边，有胡人女子叽叽咕咕说话的声音。

李广的神貌虽然越来越像一个胡人了，可他始终听不懂一句胡语。"叽叽咕咕"是他对全部胡语所做的概括。叽叽咕咕的声音让他产生着无法释怀的困惑。当胡人举起弯刀大劈下来时，嘴里总在叽叽咕咕。当他被一箭射翻落马时，还是叽叽咕咕。李广听说，胡妇在叫床甚或在分娩时，也是在叽叽咕咕地大叫着。他真的是没法理解，为什么这么简单的声音，会被弄得这么复杂、这么神秘呢。

李广在火炉边屈膝跪下来，拿勺子在锅里搅着。

一只结实而肥硕的羊腿在汤里上下翻滚。羊脂厚厚地浮在面上，又白，又嫩。他很想立刻就舀一勺喝到嘴里去，但汤那么烫，让他有点不知所措。就这么犹豫着，他听到窸窸窣窣的声音。随即，他看到了一袭红袍的下摆。

没有等李广直起身子，那穿红袍的女子已经蹲了下来。她递给他一张软软的毡毯，说："将军您换了吧。"是一个胡人姑娘，却说着清晰的长安官话。甚至比李广说得还要标准，还要圆润和好听。

李广抬起头来，姑娘把一堆毛茸茸的东西推到了李广的怀里。她说："是夫人今晚才鞣出来的。夫人鞣了七天七夜。才鞣出来，将军就来了。"

李广木然地望着她，他对自己说："这是怎么回事呢？"

姑娘说："您就换了吧。是夫人刚刚鞣出来的。用了十二张黑羔羊的皮呢。刚鞣出来，您就来了。噢，夫人啊。"

李广平静下来了。他说："你是汉家女子吧，如何到了大漠呢？"

姑娘就笑，她说："将军也是汉家男子吧，如何也到了大漠呢？"

李广明白了。他说："我是来伐匈奴，姑娘是来和匈奴，对不对？"

姑娘摇摇头。她说："我们家世代都是边境上的商人，买卖牛马、羊皮、茶叶、丝绸，在胡、汉两地往来，吃两地的粮食，说两地的话，还穿两地的衣服。有时候，我们也闹不清自己是汉人还是胡人。"

李广觉得很奇怪。他说："我也算在边境上待四十多年了，怎么就不知道有你们这种半胡半汉的人呢？"

姑娘说："将军是打仗的，你看到的自然都是匈奴人的骑兵。我们是老百姓，看到的就是老百姓了。军人打来打去，就是要打出一条分界线来。商人嘛，就是要在分界线上跑过来、跑过去，有买卖做，才有钱挣啊。"

李广说："夫人，也是生意人？"其实，他本来想问："夫人，就是你的母亲吗？"

姑娘说："夫人，就是胭脂夫人。"

她的回答，否定了李广猜测的那种关系，却把夫人的身份说得更加含混了。不过，关于"胭脂"，李广是熟悉的。他所知道的胭脂，又叫作燕支、焉支，是胡地一座水草丰美的山脉，历来就是匈奴人南下用兵的后库。就在这一年，大汉骠骑将军霍去病兵出陇西，击败了浑邪王部，匈奴从此失去了祁连山和胭脂山。"胭脂夫人，也许就是指胭脂山为名的匈奴贵妇吧。不过，她怎么会出现于这座寒夜里的穹庐呢？"

92

李广还想问些什么，但那穿红袍的姑娘闪身进了那张帷幕的后边。

李广身上的软甲、战袍被汗湿后，变得又冷又重，就像铁甲一样压着他。现在他把它们都脱干净了，再裹上那张黑羔皮的毯子，立刻就有了说不出的轻松。穹庐里那炉红火像伸出手来似的，在他的脸上身上抚摸着，他觉得舒服极了。刚鞣出来的毯子有一点新鲜的、青涩的兽味。想到夫人的手指在上面鞣了七天七夜，李广就觉得兽味中还有夫人的气味。这一想，他就有了些隐隐的不安。

他的不安，是因为在疏远了女人多年之后，忽然又和女人贴得这么近了。这种不安，包含着一点陌生和怯意。孤身深入胡地，他从没有过什么恐惧。汉孝武皇帝元光六年，他在病中被匈奴骑兵捕获，盛在两马之间的一张大网中，拖着去见单于。他闭眼诈死，行了十余里，纵身跃起来，推倒一员匈奴骑兵，跨上他的坐骑，南驱七十里，安然回到了自己的要塞。那一次，听说单于已在穹庐里大摆了全牛全羊的宴席，要以英雄倾慕英雄的礼仪说降李广。由此也可以看出，李广在大漠的影响非常大，而李广那一次的遭遇也是非常危险的了。那次脱险之后，李广以为自己今生不会死于匈奴人之手了。这种想法在晚年愈来愈浓，让他有种说不出来的怅怅然。

他想到过无疾而终。应该说，这是死亡的最好的一种方式了。"但是，等到那一天，也许自己已经高寿得心智麻木了，屎尿在床，就连盛夏时节也会冷得打哆嗦吧。不要说有多么招儿孙厌烦，就连自己苦挨着也是生不如死啊。生已经没有一点乐趣了，可要死下去还是很艰难的事。人活着真的就都是这样没意思吧？"李广很想把这些念头都排除干净，可它们总是不停地在折腾着他。他刚刚悟到了死不足惜，转眼就觉得生是多么让人留恋；才将想透了淡泊名利，可一只虎的出现，又使他陡然觉得变数就在眼前了。李广紧紧裹着胭脂夫人亲手鞣出来的毯子，觉得自己有些可笑，也有些可怜。

羔皮毯子把李广的皮肤慢慢地暖和过来了，他觉得自己僵缩在一起的皱纹都一丝一丝地松开了。不过，骨头还是冷的，肠子也还是冷的。他觉得饥饿、口渴。他想把那姑娘叫出来，马上吃点儿羊肉，再喝点儿羊汤。这时候，那姑娘自己走出来了。

"将军，"姑娘说，"您能不能进去？"她指着那个帷幕，"夫人想跟你见见面。"

李广沉吟着，有一小会儿的时间，他没有说话。

但是姑娘把李广搀扶了起来，她说："将军请吧。"

帷幕的后边比李广预想的还要狭小，小得就像是一张床。但帷幕的后边还挂着帷幕，这使人觉得再后边不知还重叠着多少的空间呢。地上满是羊皮和羊毛，李广的赤脚踩上去，真的就像踩着铺得厚厚的被褥。那位胭脂夫人披着白羊毛袍子坐在当头，用一种沉思般的目光打量着李广。她的脸从长长的羊毛中现出来，显得很光洁。穹庐里的羊角灯透过帷幕落进来，已经很稀薄了，李广看那夫人，觉得她像四十来岁，又像二十来岁。夫人的右手搁在一个巨大的羊头上，轻轻地在羊角上抚摸着。那羊一定是头很老的羊吧，羊角粗大挺拔，在夫人的手的抚摸下，现出青铜一样的光来。

姑娘示意李广在夫人的对面坐下来，她则蹲在夫人的身边。她蹲在夫人的身边，一下子显得非常温顺和卑微。

夫人叽叽咕咕地说了一句话。李广听不懂。她的声音很厚实，也很沙哑。女人用这样的嗓音说话，李广不大习惯。夫人说话的时候，脸上似乎有了笑意。她的鼻梁很高，眼窝有些凹陷，这使她的脸上有了明显的阴影。

姑娘说："夫人请教将军的大名。"

李广犹豫了一下，他想起了箭杆上缠绕的白色雁翎。他说："喔，我叫白羽。"

姑娘把李广的话翻译给夫人听。然而，李广只说了一句话，她却叽叽咕咕地讲了好半天。李广就狐疑起来："是匈奴人的语言比汉话更复杂呢，还是姑娘的话里有诈？"不过，他从她们的神情里倒还看不出什么恶意来。

姑娘又说："夫人问将军能不能告诉她，您一个人寒夜里走到北边来，有什么要紧的事吗。"

李广说："是为了追逐一只老虎。"

夫人听完姑娘的翻译，口中"咦"了一声。李广听得出来，这一声"咦"是情不自禁发出来的。她的右手停止了在羊角上的抚摸。她和那姑娘用匈奴语叽叽咕咕地交谈了好一阵。说到最后，姑娘竟笑了起来，夫人的脸上就泛起了红潮。那红潮本来是不易觉察的，但在白羊毛的衬托下，就不大能掩饰了。

姑娘说："夫人住在这儿已经好多天了，她也是在等一只老虎呢。"

这正是李广想知道的事情。但是，姑娘说的，他并不太当真。他说："夫人不是为了鞣羔皮吗？"

姑娘说："鞣羔皮不过是为了等老虎罢了。夫人想鞣的，是一只老虎的皮。"

李广注意到，他和姑娘说话的时候，夫人一直用凹陷在阴影里的眼睛看着自己。她听他们用汉话叽叽咕咕地说着，忽然有点儿焦躁，就叽叽咕咕地岔了进来。

姑娘赶紧用赔小心的样子听着。她告诉李广："夫人想知道，将军追到那只老虎了吗。"

李广说："还没有。不过，我能得到它的。"李广说出这话之后，忽然觉得自己身上有了气力。

夫人笑起来。她虽然没有笑出声音，但是，她仰起了头。阴影从她的眼窝里移开了，她的眼珠闪着幽幽的蓝光。她用低沉、沙哑的声音对姑娘说了一句话。但姑娘埋着头，没有吭声。夫人又说了一句话，似乎就是前一句话的重复。她的声音压得更低，但是多了一点威严。

姑娘这才抬起头来向着李广。"夫人说了，她就是一只老虎。"姑娘说完，嘴角边做出有点勉强的笑意，她说，"白羽将军，你不会被夫人吓着了吧？"

五

李广坐在那儿，就像没有听到姑娘的话。黑暗中，风在均匀、有力地吹过穹庐的顶部，如同水在拍击着堤岸。他想到老虎和女人的气味，有点儿心神不宁。他静静地看着胭脂夫人双眼中央的那个部位，看着她的眉心，看着她大而光洁的额头。她的颧骨是高耸的，下颚宽阔，一看就知道是属于牙床结实、擅于撕吃羊肉的马背民族。她因为在笑，鼻翼两边的皱纹现出来，一直伸进了嘴角。李广估量着，这个女人的脸，是一张被风沙和时间磨损过的脸。在稀薄的羊角灯光下，再是笑着，再是光洁，也能瞅出一些说不出来的悲哀。

"夫人不是说她就是一只虎么？"李广回忆着老虎的气味，渐渐地就把夫人身上的气味同老虎的气味混杂在了一起。李广凝视着夫人向他仰起的脸，觉得真的就像是一只老虎从草丛中探起了头来。他心里有些畏怯，也有些感伤。

夫人仰望着李广，嘴里发出一种含混的声音。起初，李广以为那是夫人的叹息，但是这种声音在持续地延长，慢慢地，成了歌声。

马背民族的歌声很难有欢乐的调子。夫人的嗓音低沉、沙哑，这使歌声听起来更加粗犷，也更加沉痛了。当她重复唱出第二遍的时候，姑娘用汉语加入了进来。歌词非常简单，李广很快就记住了。

亡我祁连山，
使我六畜不蕃息。
失我胭脂山，
使我嫁妇无颜色。

"这是战败的匈奴人自我哀怜的声音吧？"李广同匈奴人斗了四十多年，或胜或败，大小有七十多仗了。大概是胜败太多了吧，胜败对他这样的将军来说，也真成了兵家常事，记录在从军日志上，也就是几句话而已。他从没有想过，失败者会用这样的声音来表达自己的心情。

唱到后来，夫人呜呜地哭了。羊角灯稀薄地照着，泪痕在她的脸上现出一道道的亮光。如果换成汉家的女子，她多半会用手捂住自己的脸，让泪水从指缝间滑落下来。但也许是胡人在表达感情时不习惯于掩饰吧，胭脂夫人就那么一边望着李广，一边哭泣着。泪水从她凹陷的蓝眼睛里淌出来，李广觉得连泪痕都变成蓝色的了。她的嘴唇一直都紧紧地抿着，这使哭泣声格外地压抑。泪水就顺着鼻翼两边的皱纹流到了嘴角。这是一个威严、高贵的胡妇，现在却哭得这么难过。李广觉得自己也难过起来了。那姑娘蹲在夫人的身边，不住地用手在夫人的背上和肩上抚摸着，嘴里轻微地叽叽咕咕着，像在排遣着夫人的悲痛。姑娘蹲在夫人的身边，显得非常娇小。夫人虽然没有站起来，但可以想见，她一定是个高大魁梧的匈奴妇女。看着一个高大魁梧的妇女在自己面前无助地哭泣，李广的身子不自觉地发抖和发热起来。他的皮肤能够感受到夫人热乎乎的气息，她的鼻息和泪水也都是热乎乎的。

夫人的泪水滚落到白色的羊毛袍子上，就跟蓝色的珠子似的闪闪烁烁。她的身子在长长的羊毛下面起伏着，很像是一头肥大的母羊在艰难地喘息。那姑娘在夫人肩上和背上的抚摸，一点没有缓解她的痛苦，反而使她压抑的哭泣声更加有力了。李广有点儿迷糊了，他对自己说："这个妇人也许哭的不只是匈奴人的命运吧，她哭的就像是她说不出来的心事。"他想起她说的，她是一只老虎。"老虎也会这么脆弱么？"

就这么想着，李广发现自己同夫人已经挨得很近了，几乎鼻子都要贴着鼻子了。他犹豫了一下，把手放在夫人的脸上。夫人的脸是凉的，他的手心摸到泪水的时候，好像听到轻微的咻咻声，就跟沙地在吮着雨水似的。他知道自己的掌心很干燥，还有很多干裂的口子。夫人的泪水让他的掌心变得很滋润了。

他的手顺着夫人的脸颊、脖子摸下去。那姑娘摸着夫人的后背，他就摸着夫人的前胸。夫人的前胸那么柔软，有弹性，李广看着自己的两只手掌按下去，又奇怪地弹起来。在这样的抚摸下，夫人的哭泣渐渐地平复了下来。后来，李广把手伸进了夫人的羊袍下面。他一边把手伸进去，一边打量着夫人仰起的脸。李广觉得，这张被风沙和时间磨损过的脸，确实就像一只虎正从草丛中抬起头来。这是一只大漠中的虎，却像羊那么温驯。

李广触及夫人皮肤的一刹那，他的手指就像突然被烧灼了似的。他没有料到，夫人的身子就像烧红了的炭，烫得吓人。这使他迟疑了片刻，然后使劲将手掌贴了上去。现在所有的感觉都很结实了，接着再次出现了没有预料到的情况，但他已经不吃惊了，这个胡妇的身子像红炭一样烫人，而且还像鱼一样光滑。

李广早就听说过，匈奴人的袍子下边是不穿衣裳的。现在，他的手告诉他，这确实是真的。他抚摸着那个滚烫、光滑的身子，觉得有一股热流从自己肚脐下边升了起来。一直都冰凉着的骨头，现在就跟终于浸到了温水中一样，一点点地开始转暖了。"为什么这种能让骨头温暖的热流，不是从手、从皮肤传递过来的呢？"李广后来反复这样想过，"大概是冷到了骨头，就只有自己才能温暖自己了吧。"

夫人已经不流泪了，但还在低沉地抽泣。这种抽泣同喘息是容易混淆在一起的。夫人终于张开了紧闭的嘴唇，她呼出的热气，把李广的脸颊、脖子还有胸膛都弄湿了。他感到夫人的手也伸进了自己紧裹的羔皮毯子，就像自己抚摸她一样，她也在抚摸着自己。这事情进行得非常自然，因为李广就和匈奴人似的，羔皮毯子下什么也没有穿呢。但李广已经有三十多年没近女人了，夫人的手摸到自己的时候，他还是觉得有点紧张。一紧张，全身的肌肉就变得紧绷绷的了。夫人的身子在他的手心下，每一处都是饱满的、柔软的。同时他有点吃惊，自己的身子在夫人的手心下，肌肉还是那么结实，跟游鼠似的窜动着。夫人的那双手真是善解人意，它们显然是贪婪的，却又是克制的。它们抚摸着李广，让他的身子紧绷起来，又慢慢地松弛了下去。李广忽然对自己的身子有点吃惊："我咋还会有这么一副身子？"这么一想，心头就涌起了酸意。

那姑娘早已经退了出去。这狭窄的空间更像是一张床了。李广听到大漠里传来老虎低沉的咆哮声，在均匀有力的风声中，显得格外忧伤。李广侧耳辨别着。"这是否就是那只中了箭的老虎呢？"但是，胭脂夫人打断了他的倾听。她把嘴唇凑到他的耳边，叽叽咕咕地说了一句话。李广听不懂。她继续重复着，一遍又一遍。她的声音十分沙哑、十分温柔，压制着一种说不出来的焦急。随后，风声和老虎的叫声就被一种叮叮当当的铃声盖过了。

夫人的手腕、脚腕上都戴着金链，上面系满了小小的银铃和红色的宝石。她的身子动起来时，铃铛就叮当叮当地响个不停。李广远在长安的家中，他的妻妾共同喂养了一只母猫，母猫的脖子下就系得有两只小铃铛。它的皮毛是黄色的，夹杂着黑色的斑纹。它很少咪咪地叫，浅灰色的眼睛里总有一层雾翳。李广应该说跟这只猫是陌生的，但每次从边塞回家探亲，一推开黑漆的院门，就听到叮当叮当的声音，那猫"呼"地一下跳到他的肩上，亲昵不已。他一个人睡在一张藤编的大床上，那猫就在他的枕头边踱来踱去。他在家里的每一个夜晚，都是在那不安的铃声中迷迷糊糊睡去的。

现在在羊角灯稀薄的光影下，夫人身上的铃声让李广想起了家里的那只猫。他想起了那只猫对他的依恋、亲昵，还有自己对猫的冷落，心头涌上一阵说不出来的难过。他抱着夫人的身体，嗅着她身上有些带酸的气味，朦胧中他觉得那只猫真的好像就是一只虎啊。他贴在夫人的耳边，把这种想法说了出来。但是夫人一点也听不明白，他的声音她听着也是叽叽咕咕的吧。他狠劲动了一下，他看见夫人的嘴巴咧开来，吸了一口气，好像痛苦得就要哭出来了。

帷幕上映出白花花晨光的时候，李广从一堆羊皮中直起了身子。他这才看见，天亮前他沉沉睡去的这个地方，就像一座堆积着羊皮的仓库。他在黑暗中听到过和触摸过的那些东西，都还掩埋在毛茸茸的羊皮下边呢。他走出帷幕，看到穹庐里牛粪炉子还在燃烧着，铜锅吱吱地响着，飘出羊肉的气味。他的衣裳已经烘干、叠好，旁边依次放着他的软甲、战袍和弓箭。透过铜锅上的热气望出去，穹庐的帘子已经卷起来了。外边的草地上有一些紫色的烟雾，季节河露出弯曲的一段。一匹黑马在把头伸进河里饮水。

李广本来是惺惺懂懂的，看见自家的坐骑，心里咯噔了一下，脑子就觉得清晰了。他穿戴好了，在铜锅边寻到了两只海大的木碗，就盛了一碗肉、一碗汤吃起来。吃起来的时候，他才感到自己真的是饥肠辘辘呢。他吃得非常专注，不让一滴油汁溅出来，嘴里也不发出声音。他一共吃了两碗肉、喝了三碗汤。一股热流从他肚脐的下边升起来，周身都有了暖融融的酥软感。他歇息了一小会儿，毛毛汗从他的鬓角渗出来。这时候，他听到有人在叫他。

在穹庐的一个角落里，两个男女从几张羊皮底下坐起来，揉着眼睛。李广看清了，是顺儿和那个会说胡语的姑娘。顺儿说："主子一个人到北边来，我不放心，就悄悄跟来了。"

李广摸摸自己的脸，似乎烧得有些发烫。他想："两碗羊肉三碗汤呢，难怪。"李广说："顺儿，我们回去吧。"

主仆两个人就朝着南边去了。天上正有雁阵飞过，李广望着天空。"我们是沿着与它们相同的方向在走呢，"他对自己说，"其实这些鸟哪分什么南北呢，它们分辨的，也许只是冷暖吧。"

他坐在黑马上，看见辽阔的草原在左右地倾斜，弄得他心里一浪一浪的。顺儿的背上背着个黑色的卷筒，那是十二张黑羔皮鞣出来的毯子。李广感到骨头一直在发疼、发酸。这种酸疼让他觉得很舒服。他问顺儿："你知道鞣羊皮是怎么鞣的吗？"

顺儿说："不知道。跟揉面团差不多吧，主子？"

李广吁口气，他说："我也不知道呢。"

顺儿又说："主子想不想知道，胭脂夫人为什么住那座穹庐呢？"

李广说："那姑娘都对你说了？"

顺儿说："夫人的丈夫是个大英雄，在胡人中贵不可言。只是年过五十了，妻妾还没有一个怀过身孕呢。他知道是自己的不是了，就将她们遣到大漠的各处，结庐独居，与陌生的那个……英雄相会。"

李广说不出话来。他看着草原在自己眼里浪过来、浪过去。大雁叫着，使深秋天的晨空更宽广也更寂寥了。

顺儿笑着："主子还拉得开硬弓吧，射一只雁来试试。"

早晨的风是酸涩的，吹在李广的眼睛里，把他的泪水都快吹出来了。他取出弓，把箭搭在弦上，向天一指。但是稍一犹豫，又罢了。他不想试。"试了又如何呢？"

六

大汉孝武皇帝元狩四年，李广率部随大将军卫青北伐匈奴。他请求作为前军与单于的主力决战。但皇帝认为李广的运气总是不好，就拒绝了。这样，李广就只能在东翼辅助作战。由于向导的失误，部队在大漠中迷了路，李广无功而返。而单于在和卫青交战之后，就带着阏氏和部族向大漠的极北边远远地跑掉了。汉廷和李广都失去了捕获单于的最后一次机会。

战争结束以后，卫青传李广到大将军幕府听审。但是李广拔出佩剑，就在军中自刎了。

顺儿用黑羔皮毯子覆盖了李将军的遗容。他从没有看到过李将军的表情像现在这么平静、舒展过。

在李将军自刎的前一天，顺儿告诉他："听说单于和阏氏的儿子已经一岁多了，能够和阏氏同坐马鞍在草原上往来驰骋了。"

2000 年冬，成都狮子山

衣冠似雪

一

秦王嬴政是在恍惚如飞的梦中被一声雷鸣惊醒的。他睁开眼，看到一张陌生女人的面孔。女人因寒冷和失眠而哆嗦着蜷成一团，但眼中雾气般的茫然遮掩了她的恐惧。嬴政大叫一声，跳下地来。女人也叫了一声，昏死在床上。

晨光透过层层叠叠的白色帷幔照进来。嬴政在铜镜中看到自己一丝不挂地立在床头，握着从枕底掣出的人面大钺和竹制短剑，滑稽地面对着一个裸体的女人。

他用手背揩揩面孔。脸上有女人打喷嚏喷出的水星。他伸出一根纤长如葱的食指，从女人的后颈窝顺着脊椎轻轻滑下去……就像很多年以前，他同母后坐着狗拉雪橇在终南山谷的雪原上滑行。这时，他嗅到了一股冰凉的花香。

"寡人要一束花。"嬴政站在晴朗的星空下说道，"就要西园中那一大束白花。"

"但是……大王，并没有花啊。"宦官说，"菊花已经凋谢了，而梅花还没有绽蕾。"

嬴政的手固执地一指："就是那一束。"

"那不是花，"宦官的头深深地低下去，"那是一个夜间查看花讯的宫女。"

"寡人就要她。"

司花宫女的个子很高大，当嬴政要她走近自己并抬起头来时，她的额头几乎顶着了他挺拔而优雅的鼻梁。在宽松的白色宫袍下，宫女的身体散发出淡淡的苦味。她嘴唇肥厚，下巴宽阔、丰满而略微松弛，但凹陷的大眼中茫然失神的表情冲淡了粗俗的脸相，使她显得冷漠和不可测知。嬴政问："你的名字？"

"我没有名字。"宫女犹豫着，"他们叫我马。"

"好一匹女马。"嬴政的心暧昧地跳动起来。

嬴政梦见女马赤脚拉着马车在秦国列祖列宗的陵园大道上奔驰。他使劲拉住女马那飘扬得与大地平行的长发，看到一座座陵山迅速被拔地而起的荒草淹没，一株株巨柏轰隆隆地倒下去，仿佛要从大地上叩开一扇扇门窗。他大叫道："寡人要去终南山，终南山！"女马回过头来看了看他，神情冷漠而又遥远。马车飞了起来，沿着陵园中盘旋的小径飞翔着。阵阵大风中，马车变成了一片潮湿的树叶，托住两个小如芥豆的男女，在滔滔洪水之上随风飘荡。他脆弱地抓紧女马的手，就像在积雪的终南山谷抓住母后的手飞快地下滑一样……他听到了一声压抑的声音："啊欠！"

嬴政给晕厥的女马盖上罗衾大被，然后默默拥上裘袍，走出门去。

遍地积雨，泊满枯叶。嬴政站在这九十九级阶梯上的高台，凭栏远眺。终南山坚挺的雪峰正被霞光染红，雪线比昨天又下降了许多。嬴政传旨，速传李斯。

宦官说李斯已早早地来了，有急事启奏大王。

嬴政还没见到过比李斯更瘦削、更颀长的男人，而他的鼻子又是如此之大，就像一只展开两翼的蝙蝠，在这只巨鼻的掩护下，李斯的神态永远难以捉摸。

他本来是要李斯来为自己圆梦的，但忽然改变了主意，他问李斯："有什么急事呢？"

"魏国的景湣王死了。"李斯说，"景湣王死后子假立。这是魏国的丧事，也正是秦国的喜事。在赵国，王翦的大军攻破邯郸生擒赵王迁。在楚国，幽王卒，哀王立，负刍又杀哀王而自立。强大的秦国正日行中天，天下诸侯就是阳光下的烛火。请大王尽起王翦驻扎中山之兵，北上迫降燕国。天下定于一尊，六国匡于一统，就在此时了。愿大王图之。"

嬴政心旌摇曳。"魏国景湣王的死讯，难道就是昨夜梦魇的谜底么？"他一掌击在青石栏杆上。"好。"但他说出来的却是："春夏之交举国饥荒，寡人实不忍心在秋收冬藏之际再动干戈。"

李斯抬起头来，双眼躲在巨鼻后电光石火般一闪，迅速地熄灭了。嬴政避开他的眼睛。李斯不语，嬴政也不语。

一个宦官惶惶奔来，扑倒在嬴政的脚下。"大王，出事了。"宦官号啕大哭，"陵园中穆公手植的参天柏树倒了三十七根，道路满是辙痕和足迹。查问陵园的守军，昨晚无风无雨，也不见一人一骑……"

嬴政只觉眼前一黑，两腋滴下冷汗来。

"天意，"他切齿道，"难道这就是寡人灭国无数、斩首千万的报应么？"

李斯抢上一级台阶，朗声说："大王，知命者不怨天！天是什么？天行有常，不为尧存，不为桀亡。天诚不可畏，而人定胜天。"

嬴政点点头，瞅着这个每每在自己的意志将要倾颓时给自己打气的荀子门徒。"很好，人定胜天。"他一抬头，望见终南山的雪峰红霞散尽，苍白的峰尖现出蓝色的质感来。"寡人要卿来，是要卿陪寡人到终南山中狩猎，所有猎物，全部赏给在前线苦战的三军战士。"

长长的狩猎车队在咸阳大街的麻石路面上碾过。嬴政在第一辆敞篷马车上扶轼而立。轮声如雷，红尘不飞。街沿下站满了瞻仰国王威仪的百姓。一个卖干果的胖妇爱怜地惊叹着："我们的大王，简直还像一个孩子啊……"突然，她感到屁股被一个冰凉而沉重的东西戳了一下。她回头看见一个黑衣、虬髯的大汉正抱着个状如巨瓜的铁家伙使劲往前挤。

"啊——"她歇斯底里地叫起来。铁瓜被奋力掷了出去！

侍卫把嬴政扶起来的时候，他看到身后李斯的那驾马车已有大半边垮塌了。李斯瘸着腿走来启奏："刺客已经自杀。"

刺客是在掷出铁锤后，返身跑出半箭之地时一头撞在一座井台上死去的。全身穿黑的刺客此刻显得异常地长大，在满头放射状的鲜血顶端，冒出一骨都雪白的脑花，就像一朵绽开的白色郁金香。嬴政觉得，刺客那双没有合拢的眼睛正在忧郁地瞅着自己。

"这是吕不韦的人干的。"嬴政觉得自己的声音遥远而空洞。

"大王，"李斯奏道，"吕不韦已经死了八年了。"

"不是吕不韦就是嫪毐。"嬴政恨恨不已。

"大王，嫪毐被夷三族更有一十一年了。天下大乱，群盗如毛。大王一人之身，就是天下人之身，请大王返驾。"

嬴政哼了一声："天命尚不足畏，又何况人乎？！"

狩猎车队又辚辚起动了。秦川深秋爽脆而清凉的气流拂面而来。嬴政希望在到达终南山谷地之前，能把吕不韦彻底忘掉。

二

荆轲、秦舞阳抵达了赵国故都邯郸城郊一家孤零零的客店。在那里，他们听说了去年秋天一个黑衣壮士行刺秦王不遂的消息。

酒保说："秦王站在马车上挥出一剑托住了二百斤重的大锤，然后用四两拨千斤的剑法把大锤还给了刺客。刺客引臂搂住了锤，但锤上的剑力却把他打翻在地，整个上半身插入土中，只剩两根树杈似的双腿乱蹬乱踢……"他被自己的讲述骇住了，面团似的白脸变了形。客店门外，漳河两岸春意渐浓，野蜂乱飞。"秦王是一尊天神，"酒保的声音又薄又细，"每个刺客都走不进他的五步之内。他刀枪不入。"

秦舞阳觑了一眼荆轲，荆轲背对敞开的店门坐着，脸罩在背光的阴影中，看不出一丝表情。

五更天的时候，大雪开始纷纷扬扬地下起来。雪声像一支衔枚疾走的军队。荆轲凉手凉脚地醒过来，推开客店的后窗，漳河两岸已是纯色的平原。燕赵水冷，能够冻坏马骨。而这场春雪之烈，倒使荆轲暗暗心凉。他披上斗篷，走出客店。

灰蒙蒙的天空中还有零星的雪花在飞舞，地上的积雪正可没踝。荆轲沿河岸信步走着，西眺邯郸，如一座死城孤垂在一张展开的帛布上。

漳河中流，有一个人在载沉载浮，那是一个肌肤似雪的女人，她全身赤裸，只在腰间系着一根红色的肚带。她从河底打捞起一个个骷髅头，然后准确地掷上一面陡峭的河岸，垒起一座巨大的三角六面塔。

"你在打捞谁的头颅？"荆轲听见自己的声音在接近邯郸的雪原上喑嚅而含混。

"战士的头颅。"妇人的声音遥远而又忧伤。

"秦国的战士还是赵国的战士？"

"不知道。他们是我的男人和我的儿子。"

一个个头颅被不断地掷上来。荆轲在它们空洞而黑暗的眼窝中看见自己心脏的旋转。"是谁要他们去杀人或者被杀呢？"

"是所有的国王。"妇人捧着最后一个头颅走上岸来。她把它安放在骷髅塔的顶端，塔身传出一声沉闷的共鸣，传得很远很远。

妇人的双乳无力地耷拉着，乳头却娇艳得宛如两朵初放的玫瑰。她舒展双臂，磁性的掌心接住了一片片六角形的雪花。她双腋和腹部的卷毛，如同宿鸟的空巢。荆轲的胸膛中滚过一轮火烫般的疼痛。

荆轲解下斗篷，走过去紧紧裹住了妇人的身子。

妇人侧身向着荆轲："你是我最后的儿子。"

北风从河上吹来，打着旋子遮掩了妇人和她塑造的死亡之塔……荆轲怔怔地看着雪地上依稀的脚印，艰难地回忆着一个无法复制的梦境。

三

北风顺着漳河呼啸而去，一直吹进赵国的故都，那座不设防的邯郸城。

小客店中炉火通红。荆轲在炉旁屈膝而坐，炉上炖着一锅酒，他一勺一勺地舀来喝着，滚烫的酒温和了他的五脏六腑。秦舞阳在下首不停地摩挲着身短面宽的宰刀，炉火映红了刀刃，秦舞阳在刀刃上看到荆轲摇晃不定的脸。他想起荆轲让他同去邯郸城看看，心绪变得坏了起来。

去邯郸城看一看，是荆轲要为自己了结的最后一件事情。其实他明白，即使去了，也并不会有什么结果。

荆轲自懵懂省事以来，记忆深刻的第一件事，就是在卫国故都帝丘的一座深宅大院中大啖桑椹。那应该是一个盛夏的下午，浓密的桑叶揉碎了阳光，撒在荆轲的脸上身上，就像过时的铜钱。他坐在树上，很认真地吃完了一条枝丫，又去吃另一条枝丫，紫黑色的果浆黏糊糊地裹住了他的双手、嘴唇和舌头。后来他看到自己的汗水中有了隐隐的血色，他恐惧地发出一声声尖叫："娘！娘！娘！"就像黄河南岸所有那些在茫茫荒冢间扮演战神的顽童一样，折戟沉沙之后跌跌撞撞奔家而去。

那个在北窗下的苇席上假寐的老人发出了一声长长的叹息。他是一位靠在征战不息的诸国间贩卖军马而致富的大贾，被一个国籍不明的败兵砍断了两腿。他说："荆轲，我收养了你十来年，但以我一个残废之身却决计没有能力把你培养成于世有用的人。你应该出去闯一闯，去寻你的母亲，那个全邯郸城最出众的女人。"

两条银丝般的涎汁在老人的嘴角晶莹闪烁，生命之光重新回到了他霉色重重的脸上。"周赧王五十五年，或者五十七年，总之是在邯郸城下几次大战役的一个间隙，我踩着留有余温的尸体，还有遍地弃置的戈矛，进了邯郸城北的歌坊。我慕名去求欢于你的母亲，一个被无数贵族、将相、名流、好汉拥爱过的名姬。我给她递上用一百匹纯种良马鼓圆的钱袋，她却吩咐丫鬟抱给我一个血迹模糊的婴孩。我发现她并不如人们哄传的那样美丽。她苍白、虚弱，两只大眼在凹陷的眼窝中永远像晨雾般迷惘。我明白了她门庭若市的原因，是男人始终不能从她的眼中窥见被征服的迹象。她告诉我，孩子的父亲是一位战士，正以勇力效命于某一国的君王。"

老人闭上眼睛，让记忆在黑暗中进一步沉淀。"她让我靠近她的床头，她说她很抱歉。她用很细很长的手指抚摸了我的脸膛。我至今还能感受到她身上的苦艾气息，还有手指的凉意……"老人再一次发出长长的叹息，他说，"荆轲，你是一位战士的儿子，你没必要在这个衰败的家中为我送终。天下大乱，群雄蜂起，你应该裹粮远行，走得很远很远，访求真正的学问，磨炼坚强的意志。即使不能成就顶天立地的事业，也要像你的生父一样，为王者所用。"

荆轲站在太阳地里，一边听着，一边伸出舌头去舔食唇边、手上又酸又甜的果浆。他觉得他把养父的训诫、那一天溽热的阳光，还有黄河边上这个危如累卵的小邦卫国，都静静地咽进了自己的身体。

他从北方走到了南方，从中原抵达了海洋。他曾随一群逃避兵燹的灾民流入深山，断粮三天三夜。他面对一块字迹漫漶的墓碑，坐了三天三夜。第四天黎明晨鸟啁啾的时候，他发现自己安稳的坐姿已经完整地投影到了那块墓碑上，就像人蘸着清水绘制的最古拙的图像。

荆轲去了很多地方，但每一次途经邯郸，他都远远地绕道而行。他小心翼翼地想起城北歌坊中那个被认为是他母亲的女人，就像用一根蚕丝提起一个彩陶圆罐。

四

春天正午的阳光使依山傍水的宫殿黑白分明，影调坚实。小宦官捧着一钵春芽鱼仔粥去给秦王送膳食。他垂头看着自己步步均等的双腿，口中念念有词，走过了花园间无数重叠的小径、弧形的台阶和通连楼台的复道，像一个幽灵在阴影和眩光中悄无声息地滚转。

秦王的殿门敞开着。远远地传来幽幽的筑声。

嬴政背对大门屈膝而坐，双手笼在袖中。他的对面，女马一身缟素，手执竹尺，极轻、极慢地向筑弦上击下去，那低低的一声，仿佛崖顶一双眸子专注的凝视。小宦官忽然想起蜀南家乡的墓园中灌满霜雪的破竹良久渗出的一颗水滴。

小宦官正要启奏大王膳食已经送来了，但嬴政这时忽然开始和筑而歌了。

嬴政的歌声低到几乎没有，歌词只是几个感叹词的不断重复。那其实就是一次冗长的深呼吸。筑声变得更慢了，竹尺的每一击都更加低沉。但是由筑声引发的视域却越来越宽广。小宦官看见一片白色模糊，嬴政看见了波浪起伏的茫茫雪原……

十几只卷毛壮狗拉着雪橇从终南山的半腰俯冲而下。谷底的积雪浑厚而绵软，一夜暴风留下干净而均匀的皱纹。狭长的雪谷在晴朗的天空下像一个裸睡的女体，飞驰的雪橇把她从头到脚犁出一道黑色的沟壑。三岁的嬴政紧抓着母后，巉岩绝壁还有时间都如白色的闪电从两侧疾扫而过。母后用纤如葱节的手摸着嬴政的脸蛋，粲然一笑。燃烧的太阳落下一滴熔液，正落进嬴政的眼中。他感到眼窝红肿发痛，倒退的雪原让他头晕目眩。他想大声对母后说一句话，但十几条狗尾铲起的雪花一下子狂灌进他的喉咙。他"哇"的一声哭了起来……那是魏公子无忌大破秦军于邯郸城下六年后，嬴政随母后仓皇自赵国逃回咸阳的第一个冬天。他从此再没有第二个机会向母后讲述这句话。

五

春雪间间歇歇下了三五天，万里江山披上了白头。邯郸城里阒无人声。太阳拨开厚云现出一张吊孝者的白脸。亡国之都的泪水，在经过久久的迟疑以后，终于顺着屋檐瓦角哗哗直下。一年前邯郸城破的那个晚上，一个疯子举着一支大戟在十字街口左冲右突，他骂了秦王的八代祖宗，又骂了赵王的八代祖宗，还骂了周赧王五十八年解救过邯郸的魏公子无忌。但是秦国的征服者不理睬他，赵国的败兵和百姓也不理睬他。天亮的时候，人们发现这个疯子已经倒毙在街口。没有一个人来为他收尸。灰尘遮掩着他，太阳烘烤着他。他变成了一张不能与大地分离的人皮。最后春雪来埋葬了他，雪水来滋润了他，一国君臣的眼泪把他化成了泡沫，冲刷得干干净净。整个邯郸城如释重负，在无数扇的门后、窗下，都能听见人们呼出的一口长气。

城北的那片勾栏瓦舍，在春风与阳光中重现了昔日的光荣。座座血脉相连的阁墙朱楼，被簇拥在肆虐丛生的蔷薇中。开滥了的红花，散发出肉体接近腐烂的气息。几只高大的绿鹦鹉在门窗四合的回廊中来回踱步，一寸寸消磨着自由而无聊的时光。

苍茫时分，两个男人走进了城北。秦舞阳腰挂宰刀，面带忧郁；荆轲双目茫然，一脸疲惫。

院中有一棵高过城墙的皂角树，养父说树大招风，不是一个好兆头。但荆轲只找到了一截树桩和一眼为蔷薇花掩映的古井。井壁上爬满蕨类，窈然的井水映出荆轲麻木的脸。

一个老汉抱着大瓮来汲井水。他的出现非常突然，就像传说中可以地遁的土神。他也非常之老，满头白发，一脸慈祥，老得像一个瘪嘴的老太婆。荆轲问："人呢？"

老汉说："人正在你面前。"

"他不是人，"绿鹦鹉大声抗议，"他不是人，人就要回来了。"

荆轲问："那么，你是谁？"

"我是一个灌园叟。我有一畦田，我养活我自己。"

"那么……她们呢？"

"死了。争城以战，杀人盈城。争野以战，杀人盈野。死人的事情是经常发生的。"灌园叟的手掌向外画出一条弧线，他的眼睛盯着前方一个不确定的东西。

"我的意思是，这座院子的女主人……"

"噢，"灌园叟仰起头来沉思着，如同一个泳者浮出水面呼出浊气，"她死了。也许她走了，她可能去了北方、南方，但也可能就是径直向西，进了秦国。"

荆轲冷冷一笑："秦国不是虎狼之邦么？"

"秦王就是多杀了几个人而已。争天下嘛，你死我活，谁都不兴心慈手软。孔夫子编《春秋》，那么多人去作传。其实一些人干掉了另一些人，这就是《春秋》。秦王也只是略输文采罢了。"

秦舞阳的心绪糟透了。老汉口口声声的"杀人"、"死人"，这些他素以为常的字眼，像胶泥一样封住了他的血脉。他抢前一步，夺过灌园叟手中的大瓮，恶狠狠地做了一个往下摔的动作："滚你妈的！"

但灌园叟忽然不见了。秦舞阳一阵毛骨悚然，只觉得鬼影憧憧、阴风习习。

"哈哈哈哈！"背后传来一阵大笑。荆轲、秦舞阳一齐回头，老汉正踩着花径闲庭信步。天上投下一片巨大的阴影，遮住了整座院子。一团光轮正悠悠划过天际。它以举世未见的浑圆与光洁使这个车骑社会变成了一个野蛮之邦。它高贵地旋转着，擦着落日，挡住了它的余晖。

光轮掠过荆轲、秦舞阳的头顶，掠过邯郸城的上空，向漳河北岸缓缓地降落下去。

荆轲拉住秦舞阳的手向上一托："走！"

春雷从天边滚滚而来。两道黑色的闪电从大地上一划而过。

六

秦舞阳十三岁就杀了人。

秦舞阳是燕京蓟城有名的狗屠,杀狗,无论大小,一刀毙命。也杀人,人不敢忤视。嗜酒,醉后默然不语,满目怅恨。

有一次秦舞阳喝醉了酒,东攀西登,就站在了城门箭楼的屋脊上。秦舞阳大声叫着,问有没有人敢与他赌纵身一跳值多少钱。城楼下万头攒动,没有人敢接秦舞阳的话。过了一会儿,屋脊上多了一个人,那人也是满嘴酒气,对秦舞阳说了好一阵,大意是"酒壮英雄胆,咱们不赌胆,赌酒"。

两个人下了箭楼,在酒店中喝得双双栽倒。秦舞阳先倒,倒地之前他说:"我输了。"他明白自己输掉了一条命。那个人就是荆轲。

去年秋天,荆轲邀了遁迹在蓟城十八条巷的秦舞阳,涉易水,渡漳河,一路西行往秦国而去。秦舞阳清楚,携他同行无非为了杀人。在秦舞阳看来,杀人同宰狗并没有太大的区别。但荆轲的步履格外磨蹭,每到一处不是盘桓访古,就是大醉三天。尽管挨过了从秋到春的百十个日子,行程仍是遥遥无期。秦舞阳的心情越变越坏,好几次他都差点拔刀杀人。他们曾走过几处古战场,秦舞阳第一次亲眼证实了战死者的骷髅同狗骨头有着惊人的一致。他想发呕，他在一块水凼边蹲下去，他看见一只熟悉的狗，满眼是求生的哀怜。

雷雨过后，如水的月华将漳河的粼粼波光推上了宽阔的沙滩。整齐的白杨林投下箭杆般的影子，指向河滩上一个状如车轮的大坑。秦舞阳感到自己的心脏就落在大坑的深处，他惊骇地发现，一个东西，一个有着头与四肢的怪物，沿着螺旋状的坑壁走了上来。他斜披着毛毯，金色的卷毛在头、脸和手臂上丛生，他鼻如鹰隼，高耸的眉骨布下了一条月光的暗影。荆轲和秦舞阳从没有见过这样的人，因而也难以判断他的神情。他一步步地走过来，身上散发出很重的海腥和羊膻味。

"你是什么……"秦舞阳用宰刀阻止着他的前进。

"我是什么？"他发音古怪，像一个唱歌跑调的宫廷小丑，"你又是什么？为什么用这种古怪的语言对我说话？见鬼，我为什么能听懂你的声音……"他的眼睛像蓝色的湖水，波光闪烁。

秦舞阳突然想一看这个怪物的鲜血是什么颜色，于是挥刀在他的胸前猛划一下，一股红色的液汁汩汩地冒了出来。它滚烫的程度连荆轲都感到了热气的蒸腾。那个笨重的怪物用右手抹了一把鲜血，疾如闪电地涂在秦舞阳的脸上。秦舞阳感到血浆把自己的脸都绷紧了。秦舞阳双手把他抓住，用膝盖猛顶他的下腹，他的身子弯成了痛苦的 C 形。他再站直，下腹又被一顶。当他第七次从 C 字艰难地站为 I 字时，秦舞阳已经疲倦得不耐烦起腿了。这时他的左拳往上一勾，秦舞阳立刻感觉满嘴的碎牙和着咸味在口腔里涌动，紧接着自己的鼻梁迎着一只黑拳冲了上去，噗地金光四射！秦舞阳倒在了河滩上。那怪物的喉头经过一阵徒劳的蠕动，没有发出他所希望的词汇，随即也倒了下去。

明月之下，漳水滔滔。一个人倒剪双手，伫立着，踌躇不前。

七

在客店的大堂地板上，平放着秦舞阳和蓝眼家伙的身体。妇人全身精赤，头上扎着一圈无花的蔷薇枝，盘腿坐在两个男人当中，两只手心抵着他们多毛的胸膛。

平台上插着一面酒旗，在雪后的晴空迎风招展。夕阳将千里漳水映出一派血光，春雁拨开红色的气浪徐徐北去。荆轲的面前放着一张酒案，肴馔之间横着一柄吴钩。荆轲抽出吴钩看了一回，手感沉重，刃口圆钝，非有超人的臂力不能用它于战阵之中斩敌首于马下。他用食指在吴钩上轻轻一弹，竟发出筑弦般清绝的声音，经久不息。荆轲读过勾践卧薪尝胆的故事，吴王金钩越王剑。吴越的血水沉淀成了一片美丽的西子湖。

横竖想不清许多事，荆轲倚着栏杆，用手指敲出一个个单调的音节。一个酒保走来问："客官有什么吩咐？"

"那两个男人起来了吗？"

"起来了。"

"那女人呢？"

"那女人倒下了。"

荆轲飞跑下楼冲进大堂，只见那女人平躺在地板上，满身汗腻，皮肉松弛。荆轲俯下身把她硕大的头颅抱在自己的臂弯里，她则微笑着告诉他，他们已经得到了力量，他们要去寻找"金字塔"。

秦舞阳和蓝眼珠相互扶携着，沿漳河蹒跚而行。河面像破碎的赤铜板块，拥挤着、碰撞着，吵吵嚷嚷地向前流去。他们走进了那座由骷髅头垒起的三角六面塔。夕阳在给他们投下了最惨烈的剪影后，从地平线上消逝了。

就在太阳坠落的地方，一只巨大的光轮缓缓升起来了。它旋转着，以某种意志君临上天，高贵而从容。

光轮绕着骷髅塔尖慢慢地转着，绕出越来越大、越升越高的圈子，灿烂的光圈重叠影现，随后是一片白雾。

白雾散开，秦舞阳和蓝眼睛不见了。骷髅塔已经被倒立过来，塔尖上那个头颅不堪世代战争遗骸的重压，发出了悲痛的呻吟。其实那是一种尖厉的哭号，漳河两岸，黑魆魆树林中的野狼、枭獍都被这哭号惊得毛骨森然。

秦舞阳是在一种眩晕的快感中从地板上苏醒过来的。他以疑惑的眼光注视着那个同样疑惑的蓝眼汉子。他们中间，女人巨大的身体横陈着，疲惫安详，似睡非睡。

"你是谁？为什么要到这里来？"

"阿喀琉斯，一个刺客。我到这里是因为我误入了歧途。"他发音正确，但嘴型做作而夸张。蓝色的眼睛因受过陌生的刺激而显得神采奕奕。

"刺客？！刺杀谁？为什么要去杀一个人？"秦舞阳因为生平第一次提出这个愚蠢的问题而脸红了。

"很多天以前，也许是很多年以前，总之，我被某种特异的东西告知，那时距一个木匠非凡的儿子出世还有二百三十八个春秋。罗马军团征服了我祖祖辈辈生活的家园科西嘉岛。那些天满岛都散发着兵火洗劫后的焦臭，家里的人都战死了，村里的人也战死了。

126

我在黑夜中走遍了半个岛屿，在残存的同胞中没有找到十个完人。精壮男子被发配到撒丁岛为罗马人服役，妇女和儿童则被运往罗马本土，繁殖征战四方的杀人者。科西嘉全完了。我怀揣一把利刃，准备潜往罗马刺杀当政者以拯救家园。

"就在我乘小船东渡海峡的时候，遇上了罕见的风浪。

"我在海上漂流了许多日子，靠捕食一种叫艾妮丝的鱼充饥解渴。我蓬头垢面，口舌生疮，被毒日头晒脱的肉皮可以蒙起十二面罗马军鼓。但当小船终于在陆地上泊定时，我胸中的杀气正盛。我看见了一条大河的出海口，那么汹涌，那么宽阔。我从不知道世界上还有这么美丽而伟大的河流。我逆河上行，在发烫的沙滩和茂密的芦苇丛中晓行夜宿。又不知走了多久，河岸广袤的沙地上出现了许多高耸的石山，就像一头头被神剑削落大漠的孤峰，埋伏着古老的危险。其中一座石山前，有一尊巨大的狮身人面像，狰狞得让人恶心。如果它是木头刻的，我早已一把火把它烧个干干净净了。

"后来，我终于在丛林的边缘发现了罗马人的小村寨。晚上我潜进村去，放火，杀人，把男人剖腹掏心，将女人强暴受用。我一个小村寨一个小村寨地干下去。我忽然闷闷不乐地想到：我什么时候才可以杀到罗马的当政者？！就在几乎绝望的时候，我从一个巫师口中得知，这里并不是罗马，而是与罗马相隔千里的埃及。所有的死难者都是同科西嘉人一样的和平居民……

"我在金字塔群中像一个幽灵似的游荡。我一次次把沾着无辜者鲜血的手掌击打在狮身人面像的石基上，这时我忽然从它可怖的面容后看出了我从未见过的罗马当政者的冷冷嘲讽。最后，当我在一次长长的梦中被不可知的力量抛掷到这个陌生的地方时，我还没有想清楚我该怎么打发自己的后半生。"

"科西嘉呢？"秦舞阳急切地问，"那么你的家乡科西嘉呢？"

阿喀琉斯一声浩叹："科西嘉太遥远了。"

这个时候，秦舞阳已决定要同阿喀琉斯同行了。妇人说："他以为自己已经参透了生死，他要去寻找一种新的生活。"

"你怎么知道呢？"荆轲说，"难道你看穿了他的肺腑？"

"是的，我看穿了秦舞阳的肺腑，也看穿了你的肺腑。"

"那么你看到了什么呢？"荆轲注视着自己臂弯中这个年龄可疑的妇人，在火焰烈烈的松明下，她的两只丰乳无力地耷拉着，就像黄昏的园子里被雷雨蹂躏过的花朵，憔悴而又忧伤。

妇人微笑不语。她在荆轲黑潮般的肺腑中看到一朵孤独的蔷薇在冉冉升起。

八

筑声幽幽地响着。女马的左手在筑的细颈与圆肩之间温柔地滑动，仿佛一个自恋的女人在叹息着抚摸自己凝如脂玉的身体。她举起右手中的竹尺，在十三根长长的弦上漠然地击下去，既无旋律亦无感情，一声慢似一声，一声轻似一声，一声冷似一声……日光耀眼的槐树林中，一簇簇淡黄色的槐花悄无声息地飘落。闷人的香气使那个春色明媚的午后显得格外慵懒和冗长……

嬴政看见自己十三岁那年，下了朝就一个人急急地往深宫中奔去。为了摆脱尾随在后的一大群宦官，他在迷径似的小路上穿梭往复，逼近正午的太阳晒得冠冕整齐的嬴政满身汗湿。他想起死去的父王给他讲解过的"七月流火"，父王说"流火"是一颗星。嬴政觉得自己就是那颗星，全身都已燃烧起来了。父王死去整整两个月了，嬴政没有一天不在思念着他。其实父王生前，嬴政同他并不怎么亲近，他苍白、孱弱，常常气喘、咳嗽。在他生命的最后一年，他怕风、怕雨、怕暑热、怕一切剧烈的声响，还怕明朗干燥的阳光。他深居在一间晦暗的大殿中，大殿四壁挂满风干的艾草、麦秸、帛画，地上扔着狼虫虎豹的整皮，父王靠它们消解着砖石木柱生硬的线条和金玉铜铁冰凉的触感。有一次嬴政看见父王把一碗热烫烫的鹿血喝下肚去，残留在嘴角的血滴荡漾出长长的红光闪闪的丝线。父王的嘴唇、舌头还有喉头都被黏稠的鹿血凝滞住了，有好长时候他瘫在床上不能说话。在持续的沉默之后，他终于开始抽泣，泪水大多倒溢进了他的口腔和胸腔，冲淡了鹿血的浓度。嬴政听到父王嘴里发出呼唤母后的模糊声音，脸上也有了陶醉的桃红。这就是秦国庄襄王生命晚年所能达到的最高潮了。嬴政忽然产生了一种奇怪的想法：父王生活在一个可怖的梦魇中。

父王死了，父王把可怖的梦魇留给了他。嬴政的体魄相貌同父王长得绝不相同，但他知道他们深刻的共同点在于，他与父王同样孱弱而且无助。每当朝会的时候，他端坐在王位上，接受百官的朝拜。但他时时感受到自己的背脊被仲父吕不韦和母后的两双眼睛紧紧盯住，吕不韦的眼光像火苗烧炙着他的皮肤，母后的眼光则像冰雪令他寒入骨髓。就在嬴政即位的前夜，吕不韦当着嬴政的面把一只梨握在掌心一捏，泛着气泡的汁水顺着他青筋暴起的指缝渗出来，弄湿了他镶满金饰的袍袖。他摊开手掌，一把干乎乎的黑渣。嬴政惊骇地退后一步，他唯恐这个当初仗着金钱的力量救他们全家出邯郸的巨贾，会一伸手掏出他的心来夸耀掌力。

从此嬴政每睡必梦，总是梦见自己一个人在空无一人的宫殿中狂奔。一个为某种意志操纵的巨大光轮飞行着追逐着他，它投下的圆形阴影笼罩着他弱小的身体。他不敢呼喊，他沉默着逃跑，却永远也逃不出那黑暗的影子和森严的宫墙。过去他总以为夜色温柔，保护着他，爱护着他，使他担惊受怕的一天有一个安全的归宿。但是梦魇的夜夜入侵，使他失去了最后一处掩体。有一夜，带载宦官听到他的呻吟，举着松明跑进殿里，床上却空无一人。惊恐万状的宦官们搜遍了全屋，才在墙角一堆膻气冲天的兽皮中找到全身流汗、颤抖不已的小国王。

后来，嬴政开始了白日的狂奔。下朝后他在宫中毫无目的地飞跑，并且在无数弯还拐闪之中成功地甩掉了宦官。嬴政同父王一样，不清楚为烟水柳荫重重隔断的宫殿何处才是尽头。但是与蜷缩一隅的父王不同，嬴政在一次次的狂奔中逐渐熟悉了宫中的路径，明白了一些建筑的功能和隐伏的机关。他开始感到宫中的一草一木都有着他渴望了解的秘密。

狂奔，使嬴政心中丧父的悲痛和恐惧的阴影一点一滴地融化。那一天他无意中跑进了一片浓荫匝地的槐树林。林中残留着槐花清凉的余香。嬴政脱下汗水湿透的王袍扔在草地上，全身有说不出的轻快。就在这时，他看见槐树林中影影绰绰现出一座城堡似的椭圆形楼房。

嬴政蹑手蹑脚地走过去，推开门，正面对着一条阴暗的长廊。他的心突突地跳动起来。他向这条隧洞般的长廊穿行过去，潮湿、温暖的气息包裹着他，他赤裸的皮肤感到润滑。嬴政明白，自己正在走近母后，走进母后的隐秘。

在长廊的尽头，是一层层毛茸茸的帷幕。嬴政用哆嗦的手指把它们一层层地拨开。

一个烛火幽微的狭窄大厅展现在嬴政面前。遍地是倾覆的杯盘和散乱的衣衫。两个一丝不挂的男女在狂欢的高潮后正饮酒调匀呼吸。女的是嬴政的母亲、秦国的太后。她手举金爵，凹陷的美丽大眼中蓄着天塌地陷也在所不惜的漠然。男的是嬴政的仲父、秦国的相国吕不韦。他的胸脯和脊梁上长满了在他那个年龄不可思议的肌腱。他们一齐回过头来，太后眼中的漠然遮住了她的惊诧，吕不韦的眼光则如一把锋刃在犹豫片刻之后刺向嬴政的肺腑。

嬴政站在那里一动不动。他对自己均匀的呼吸和镇定的心境暗暗吃惊。十三岁的秦国国王以同样犀利的眼光接住了吕不韦刺来的眼光，并把它逼了回去。

嬴政一字一顿昂然说道，像一个真正的宫廷主人："寡人要有一把剑，寡人要杀了你。"

两个赤裸的男女和一个赤裸的孩子，在狭窄的密室中对峙着。他们脸上某种惊人相似的神情，看起来就像洞穴时代一个沉默寡言的家庭。

九

筑弦在平和地击响，平和如一卷帛布徐徐展开。每一响的轻重和间距的时间都平而均匀，但是就在这毫无跌宕的音乐中，荆轲停住了自己的脚步。

荆轲是几年前经过燕都蓟城这条最僻静的小巷时听到筑声的。他站在深宅大院外的柳树下谛听着。苏醒的麻雀从长有蓬草的檐角飞上夏日高远的晨空。几声暗哑的风铃声把筑弦声衬得更加清洌、悠长。

看不见的竹尺缓缓敲打着十三根筑弦。竹尺把太阳地里荆轲的影子从长敲到短，又从短敲到长。他知道自己并不是一个谙于音律的人，但好多年来他一直在寻找一种比烈酒更能解困祛乏的旋律。

院内有几棵钻天杨高出屋顶，太阳的眩光在叶片与叶片之间跳动，筑声变得艰涩起来，荆轲看见，一只白色的音符在沿着杨树干吃力地攀升着。

就在那只音符马上就要接近最高的那棵白杨树的顶梢时，一声裂帛的爆响，筑声戛然而止。

荆轲仍一动不动地拱手而立。紧闭的朱门无声地打开了。一个穿着黑袍、须发淡黄而稀疏的中年人走了出来。他身材矮小，容容委顿，腋下夹着的那把水波般锃亮的筑琴显得与他极不协调。

"先生，我等了你很久了。"说这话的，却不是荆轲。

荆轲再拱一拱手："谢谢你，我知道你为什么等待我，所以我对你充满了感激，高渐离先生。"

这一次轮到高渐离诧异不已了："你知道我等你干什么？"

"锦绣繁华的燕市，还缺两个像样的酒徒。"荆轲一笑。

"一个击筑，一个和歌，简直就是两个酒疯子。"高渐离仰天大笑，笑声像一根哑弦，"可惜，弦已断了。"

荆轲从头上拔下一把乌丝，双手递到高渐离的面前："请暂用这个把断弦续上。"

十

秦舞阳对荆轲与高渐离的交往充满了怨忿。

当秦舞阳初次听说有一个隐居深巷的高士能够以筑声引得雁落平沙时，他只有十五岁。那时正值秋令霜降，每天都有一行行的雁阵飞往南方，秦舞阳想请那位先生登上南城门焚香击筑。想着成千上万的大雁落满蓟城大街小巷的壮观场面，他激动得周身打颤。他解下日夜不离身的宰狗刀，换了一件体面的袍子，带了两个小兄弟去拜会高渐离。高渐离用右手在筑弦上拨出一片叮叮当当的水声，左手往案上一敲，轻描淡写地说了句"滚蛋吧"。正因为轻描淡写，它带给秦舞阳的耻辱才显得如此深刻。如果那把宰刀在手，他会一刀宰了高渐离。然而他却从这个丑貌男人睥睨的眸子中读出了自己的卑贱。他后来深以为恨的是自己当时竟愚蠢地向高渐离鞠了一躬："对不起，先生，打搅了。"秦舞阳平生所做的第一个美丽的梦，就这样被高渐离的冷漠残忍地击碎了。很多年以后，当秦舞阳一个人在广漠平野逐着自己的影子踽踽独行，或者在某一个落日衔山的傍晚从河中出浴上岸，他会忽然想敞开喉咙向天歌唱。但就在这时，一种痛苦的暗示中止了他的歌声，他发出的只是野性的"啊——啊——啊……"。那个纯洁的愿望只剩下了不吉祥的袅袅余音。

现在，由于荆轲同高渐离的频繁往来，秦舞阳最后下了决心，一定要杀了那个傲气凌人、只会在一张破木板上敲敲打打的卑鄙家伙。他发现，尽管他追随荆轲并以性命相托，但在荆轲和高渐离这些人眼里，自己最终不过是一个狗屠，甚至就是一条狗。他咯吱咯吱地错切着牙床，既然是一条狗，就索性是一条野狗。他不仅杀性大起，而且对荆轲也充满了仇恨。

在一个通常被秦舞阳所敌视的文人形容为月黑风高的杀人之夜，他用还留有余温的狗血涂遍了自己的脸膛，在案板上拣了一把刀身又宽又薄的宰刀，蘸着狗血在刀的两面各绘上一个密毛如蓬的女性生殖器。燕市的宰狗作坊代代流传着杀人如归的说法，归就是打发死人回娘胎。秦舞阳杀人，这还是第一次施行这桩悲天悯人的仪式。他描画得一丝不苟，面若止水，却心跳如鹿。一刀砍下高渐离那颗黄毛稀疏的脑袋，不仅可以报仇雪耻，而且将使整个北方的狗屠、浪子、游侠黯然失色。但荆轲的存在，难免使他气沮。如果荆轲出手阻拦，他杀不杀荆轲？秦舞阳仔细回想了一遍与荆轲交往的细节，确定荆轲出入从不携带武器，甚至从未听见过他谈刀论剑。秦舞阳忽然对此倍感困惑："这个十指纤长的流浪汉是怎样从八面烽烟的乱世中闯荡过来的呢？"

不容秦舞阳把整个事情的脉络清理就绪，冷冷的刀面上两个血红的地母之门已经栩栩如生了。秦舞阳满腹忧郁地吻了吻她们大张的入口，阔步走到街上，去遍访燕市三十六街七十二巷正是灯火辉煌时节的大小酒楼，心底却在拼命抵御那个唯愿找不着荆轲、高渐离的可耻念头。

但秦舞阳刚刚走进十字街口的第一家酒馆时，就绝望地听到了从楼上传下来的阵阵筑声。筑琴毫无节制地响着，清风动竹，浊浪排空，女鬼夜哭，宿鸟惊飞。荆轲用一双铜筷狠狠敲打着桌面，唱起一首匈奴的民歌，兵器般撞击的嗓音在喧嚣的酒楼如一支长剑穿行于崩溃的大军之中。秦舞阳想象得出荆、高二人在楼上披头散发、烂醉如泥而又旁若无人的神情，不觉升起顾影自怜的情绪。秦舞阳自问："从十三岁开了杀戒以来，也算一个出刀必见红、杀人不眨眼的硬邦邦角色了，为什么在荆轲、高渐离的面前总要气输一截呢？！"

秦舞阳踌躇着向楼梯口走去。曲形楼梯绕着一长串垂悬的大红灯笼盘旋而上。当他的头几乎与第十八颗灯笼平行的时候，他看到一个头戴高冠、腰佩长剑的人用背挡住了他的去路。

秦舞阳焦躁地闷喊一声"闪开"，那人却不理会。他不理会秦舞阳沉重而又复杂的心境，但他还是转过了身来。他面若僵尸，眉如漆刷，长剑的剑柄上系着一朵硕大的龙胆菊。那是一种在秋天的黄昏静静开放在护城河畔的野花，色泽墨黑，瓣密肉厚，花瓣在紧紧包裹着内心的同时又向外片片展开。这位高士的佩戴使它闻名燕都，而它本身也成了这位高士傲岸不群的象征。

那朵龙胆菊使秦舞阳感到无限的晦气。他同大多数的燕都人一样知道这个戴高帽子的人叫作田光，在他眼里，田光这厮跟高渐离是一路货色，而且更傲慢、更可恶，差不多就是一个疯子。

其实，众人皆醉而田光先生独醒。天下已经乱得不可收拾，田光先生常常叹息自己要生于忧患、死于忧患。他每天除了读书课徒，便是绕着护城河信步。他曾经向两代燕王进献过许多治国方略，但都没有被采纳。于是他很孤愤，河畔行吟，就作了很多忧世伤时的诗，刻在一卷一卷的竹简上堆满了半房子。许多人慕名来找他求诗，他不许，他说这事得等他死了以后再说。但他担心，到他死的时候还有没有三尺干净的土地。

如果田光先生曾经入朝做官，那么他完全就是大燕国的屈原了。最近燕王喜让太子的老师鞠武转告他，有意聘请他为长老顾问院的荣誉院士，田光先生在婉辞了三次之后，答应考虑考虑。但就这件事也已经在燕国的士林中引起了很大的轰动，甚至几岁的黄口小儿也拖着清鼻涕在太阳地里胡唱："咣咣咣，田那个光，扔了高帽子，要把大官当！"其实做院士还不能够算做官，何况还只是荣誉的。但人们显然认为这与田光先生近年来极力倡导的"肉食者鄙，不相与谋"的思想抵触，不利的舆论如野蜂飞舞，顿时将田光先生逼入了进退两难的窘境。一连几天他关闭了学校，从早到晚在护城河畔苦苦地行吟着。城墙上的每一个兵士，都能够从田光先生木然的表情中体会到担负燕国苍生苦难的壮烈情怀。而田光先生在一圈一圈的循环旅行中，从起点又回到起点，太阳升起又落下。那种古人来者两不见的心情，还有从燕长城外刮来的秋风，使他昏花的老眼怆然泪下。入夜，他破天荒来到了十字街口的酒楼，那个他不屑一顾的商贾新贵、失意官僚、偷香文人买醉买笑的肮脏场所。他僵尸般的苦脸向每一个莫名惊诧的人显示着"我不下地狱，谁下地狱"的决绝之心。

但是酒楼上的筑声和歌声却是田光先生没有预料到的。那是一种沉郁而又高远、纵情而又紧扣韵律的犷野之声，它们肆无忌惮，如风如浪如三春野草，冲击着、动摇着田光先生几十年来拆东墙补西墙勉力维持着的完整与平衡的精神框架。在这个巨大而无形的框架中，田光先生每一天都能够看到世界在没落和荒秽，成千上万的蛆蚁在啃噬着世界的核心，贪婪的蚕食声布成了远天的阵雷。天之将倾，其谁与补？！田光先生三更梦回，常常汗流浃背地担负着无形的重担，将一匹匹五彩的砖头运送到天堂的缺口。荆轲、高渐离的歌声、筑声使田光先生升起的惊骇在片刻之间压倒了他将心中郁结遍示国人的本意。他仔细地谛听着，在乐曲的浪巅与波谷之间听出了无限的深意。田光先生止不住老泪纵横。

就在田光先生走近二楼入口时，他遭到了一个狗屠的呵斥。那张被狗血厚厚涂抹过的脸，就像一副魔鬼的面具。那把被画得花里胡哨的大刀片子，放出森然的青光。"闪开，老家伙！"那张面具下的人闷闷不乐地说道，"老家伙，当心我会宰了你的。"在这个生存与死亡完全不是值得考虑的问题的大时代，割倒一排人头显然不比割倒一片韭菜更加费事。但是田光先生的自尊心仍然受到了严重的伤害。很久以来，田光先生就不再计算自己的年龄，恍惚中他觉得早已活过了一百岁。高寿加上道德学问使田光先生受到普遍的景仰，就连他的宿敌也当面对他表示出足够的敬重。结果就在这个鬼使神差的夜晚，在这个错误涉足的是非之地，一个他日夜忧患着的苍生中的一员，老百姓中的一个贱民，却对他毕生恪守的"士可杀，不可辱"的信条发出了最严峻的挑战。一瞬之间，他想起了半房诗简、荣誉院士和顽童的歌谣……不由心中一声浩叹，僵尸般的脸上浮出冷冷的一笑。

但是秦舞阳在田光先生自嘲的微笑前却步了。在他看来，田光先生的笑同荆轲的沉默、高渐离的睥睨一样，具有震慑心魄的力量。何况这时秦舞阳六神无主，他不仅越来越不想杀人，而且不愿踩死一条蚂蟥。他什么也不再说，擦过田光先生的身子，一步跨进了二楼的店堂。

筑声、歌声、吵闹、猜拳、叫骂……一切的喧哗突然间凝冻下来，安静得只能够听见烛火的嘶响。一个巨大的酒缸在可怕的沉寂中突然裂为两半，浓得近似面糊的酒液滑过朱红地板顺着旋转楼梯一直淌到了蟋蟀长鸣的石板街面上。秦舞阳打了一个丢人的寒颤，绝望中他攥紧宰刀的把柄，然后又悄然放开。他很快就发现，并没有一个人的视线落在他的身上。

黑压压的人群一圈圈地围拢着，就像田光先生剑柄上的龙胆菊环绕着一个中心，中心正是高渐离和荆轲。高渐离微微站起，斜抱着已经入匣的筑琴，傲然的眼神中抑制不住一发千钧的紧张。荆轲端坐着，双手拢在宽大的袖中，面色漠然，带着苍茫时分的安宁。他们对面是一位紫袍金冠的贵公子。公子的一只脚抬起来，定在杯盘狼藉的酒案上，紫袍下摆露出的犀皮靴子插着一把镶满红绿宝石的短剑。他从五官到身材都显出无可挑剔的匀称与完美，这同时也使他失去了一切突显自身特点的可能。于是，他长大以后努力学会了以夸张的无所谓和懒洋洋的态度来增强自己至尊至贵的风度与魅力。他的背后还立着四个戴黑斗笠、配快刀的侍从，沉默不语就像长城垛口处剪径南北的好汉。

"盖聂仰慕荆轲先生是卫国一等一的剑术家已经很久了。"公子盖聂的声音，就他的身材来说，显得有些过于单薄，单薄得如同一片能置人于死地的薄刃。他说他用了十年的时间云游天下，就是为了有一天能和荆轲先生坐下来煮一盆酒、烹一壶茶，谈一谈左劈右刺、上截下击的道理。

荆轲坐着，像一尊泥塑。他说公子一定是认错了人。他说得很慢，好像一个老人在艰难地搜寻着支离破碎的记忆。"公子一定是把某一个深谙剑道的人当作了我，而我不过是亡国小邦卫国的一个百姓而已。我浪游八方，所求的无非是一处可以遮风避雨的窠巢。天下汹汹，能够苟全性命在我已是莫大的侥幸。即使有一把剑或者一支披甲的劲旅，我又拿去与谁争锋呢？"

"荆轲先生，你所说的一切都非常正确而且动人。"盖聂眼中懒散的睡意否定着这句话的字面意义，他说，"我相信剑与军队于你并无大的用处。但是当世上并无龙可屠的时候，我们并不排除实际上已经有人很在行地掌握了屠龙之技。我生长于榆次，或许也该算一个亡国奴吧。榆次曾经属晋，后来属赵，现在属秦。它今后再属哪一国、哪一君我毫无兴趣。我对'生当乱世'毫无感觉，我只想能找到一个真正的对手，让两把剑撞出几颗火星照亮这个寂寞的世界，让我无聊的后半生显出些活力与意义来。我恳请荆轲先生能够明白今天这个夜晚对于我是多么重要，不吝赐我一个机会。"

"好吧，我给你一个机会。"荆轲右手向前一伸举起来，袍袖滑落到了肘底，露出细腻而惨白的皮肤，荆轲说，"盖聂公子，你立刻就会再次证实自己的神勇，并看到我渺小得无足挂齿。"

呼呼风生，金冠紫袍的盖聂已在荆轲对面蹲成一个坚如磐石的马步，稳稳地握住那柄豪华的短剑往荆轲的心口喂去。然而看清楚这一系列分解动作的，也只有秦舞阳一人。当惊骇至极的"啊"在大堂中被一齐吸进肚去时，几支烛火一暗，爆出油闷闷的裂响。秦舞阳僵在原地动弹不得。高渐离筑匣高举，准备掷出奋然的一击。

烛火重新嗤嗤地燃烧起来，大堂内红光粲然。荆轲还在漠然地坐着。所有的眼光都聚集在那把价值连城的短剑上，短剑上搭着荆轲一只五指如葱的手掌。

秦舞阳叫一声"惭愧",用掌抵剑无异于以卵击石。他想起自己平素何以会对荆轲敬畏有加,真是百思不解。

盖聂心中更是疑惑。他曾与无数游侠剑客交手,从没有见过像荆轲这样出招的。要么有诈,要么荆轲就是一个浪得虚名的蠢货。就这么心念电转之间,盖聂的短剑往后退缩了三次,但即便是秦舞阳这样的高手看来,也不过是青光一闪。荆轲的手指搭着剑刃向前跟进了三次,依旧一动不动。

突然,荆轲五指一紧,往后急抽,整条小臂舞出一个优美的弧线,鲜血吧嗒吧嗒地滴进横七竖八的酒碗菜盘中,溅在荆轲的袍子上,就像春风拥入满怀落英,散出甜丝丝的腥味。

荆轲站直身子,微微一笑:"盖聂公子,你几乎要了我的命。"他转过身去,密林般的看客分开一道面目又冷又硬的小路来。

十一

那天晚上,有两个人睡得不安稳,一个是秦舞阳,一个是田光先生。

当荆轲提着淌血的右手步下酒楼的时候,秦舞阳的心底涨起阵阵兴奋的大潮。这个人终于被一个更加冷漠的人夺去了荣誉与尊严，从而卸下了心头的重负。那晚他滴酒未沾，却像一个醉汉摇摇摆摆地在通向寻欢之地的那狗肠似的曲折街巷中走过来，又走过去。秦舞阳在脑海中把荆轲刚才转身离座的情景又过了一遍，他忽然发现荆轲的脸上并没有出现过沮丧或萎蔫。荆轲依然一脸漠然。"他是在强打精神么？如果在一个大好天气里，在十字路口一宰刀捅进荆轲的肚子，看着自己花花绿绿的肠子吐噜噜往外冒，他还会不会面不改色镇定自若？"

秦舞阳躺在一位职业美人猩红的大被中做了一个梦。一个面目不清的人用一种意志迫使他跪下并问他："如果有人用刀架在你脖子上，你该怎么办？"秦舞阳说杀了他。"如果你没有能力杀他呢？"秦舞阳说就跑。"如果你跑不了呢？"秦舞阳咬咬牙："那老子先杀了你！"他握住那把宰狗刀猛然冲了起来，但他一点也不能动弹。他一身大汗醒过来，发现柔韧如蛇的美人正从上而下紧紧地箍住自己。她吐出长长的红舌头，在自己湿漉漉的身子上叹息般舔着。

田光先生的不眠之夜远不如秦舞阳的浪漫和恐怖。他枯睡的木床又冷又硬，这使他的身子显得更加瘦削和孤单。他整夜都在翻身，在拂晓时开始的雨声中，他决定了要以长老顾问院荣誉院士的身份立即召见那个在十字街口的酒楼斗剑受伤的年轻人。

十二

嬴政披着红色斗篷，站在椭圆形的废墟中央练剑。苍天如穹，阴晦而沉重。这些日子以来，嬴政已经能够举重若轻，将黄金大钺舞得来如一片羽毛。但那支轻若秋叶的竹剑，握在手里却总也找不到沉甸甸的感觉，剑身上镌刻的白蛇像冬眠一般了无生气。嬴政定定神，迫使自己用心体会百年前商鞅向孝公进献这一个沉重粗笨、一个轻若秋叶，一个丑陋狰狞、一个静如处子的黄金之钺与竹片短剑的真正用意。

废墟上的残垣断壁已在风雨之中坍塌无遗了，然而层叠的墙垠依然缺缺牙牙地环绕着，像一个锈蚀的巨大螺旋或花瓣、肉唇围着意志的轴心做无形的旋转。在墙垠与墙垠之间，开满白花的芭茅草迎风摇曳，潮湿的地面布满厚腻腻的苔藓。方圆之内，目力所及，只有女马一人手捧剑匣，站在一根状如地笋的残柱旁，纷纷花絮使她的面庞时隐时现。

嬴政感到一股让他想入非非的甜腥味在周遭弥漫，脚下那块狭长的平地裂开一条可疑的缝隙，那里埋葬着他永远也不能深入探寻的秘密。他心下一急，手腕陡转，剑走轻灵，只听得耳边呼呼风生。他看见无数面目模糊的人环绕着、逼视着他，他们的环形阵列由近及远一直布到昏暗的地平线，直上云天。有一刻，他以为那是历次战争中亡者不能安息的灵魂，但他随即从这些人形的木然与透明中看出，这是吕不韦在世界的某个角落向他施展的法术。他愤怒至极，用竹剑向那一颗颗头颅削去，头颅悄无声息地落下来，像泡沫归于海洋，被这荒芜的罪恶城堡一一吮吸而尽。嬴政心底只有一个念头，把他们斩尽杀绝。

嬴政长剑出鞘，一股青锋逼得靠近他的十几支火把呼地一响，火焰齐向后闪。登上王位忍辱含垢九年之后，他终于获得了这柄宝剑。他可以杀人了。嬴政把剑往空中画出一条电光石火般的曲线，为上千支火把映红的夜色一片寂静，松脂闷人的芬芳在无风的大气中回荡。三千骑士万余只铁蹄突然翻腾起来，大地被敲打出滚滚的雷声，烟尘弥漫使熊熊火光带上了朦胧而又忧伤的气氛。那座椭圆形的城堡，已经被铁箍钢桶般套牢了。

嬴政高声宣布长信侯嫪毐密谋造反的罪行。他听见自己的声音回荡在八百里秦川的上空，异常坚定、清晰，充满金属般的共鸣感。他再次确信自己能够使人畏惧，就像一个人在山道上突闻虎啸豹吟。他将手按在剑柄上轻轻地抚摸着。那个被一代又一代秦王摸出一层包浆的铜柄，给他源源地输送着真力与威严。他想起十三岁那年在这座罪恶城堡中发过的毒誓，眼里噙满了泪花。嬴政要做的第一件事，就是用宝剑在大地上划出一道鸿沟，毁灭过去，让历史从今天开始。

嬴政左手高擎火把，右手提着长剑，独自一人穿越这隧洞般的长廊。火把映出他巨大而孤独的阴影，飘忽不定地扑打在潮湿的洞壁上。他迈开大步走着，目光坚定，威仪凛然，但心房仍像十三岁那年小鹿般直撞。他觉得自己走了很久很久，当抵达那个依然为重重帷幕遮掩的狭窄大厅时，他感到其实才刚刚走到一个新的起点。

嬴政手举宝剑一削，嗤的一声，一层厚幕沉重地垂落下来，又一层厚幕被火光照亮。嗤嗤嗤，他一剑剑削去，一剑比一剑慢，那股青锋的尖端在轻微地哆嗦。一声叹息，最后一道帷幕打开了。

一切都没有变。大床上躺着两个苟合的男女，床边放着一大瓮使人心智迷乱狂野的烈酒。只是男人不再是吕不韦，而是吕不韦的替身嫪毐。嬴政走近那张大床，近到能听到他们的鼻息。他觉得自己也没有变，只是多了一柄宝剑。

嬴政第一次仔细地打量着嫪毐。由于假冒宦官而拔光了胡须，嫪毐的脸布满了针眼似的小孔，这使他充满了鬣狗似的猥劣和残忍。他仇恨地看着嬴政，但全然没有吕不韦的阴冷和狡黠。嬴政想起嫪毐能用那根肉棍掀动桐车轮轴，心绪恶劣，猛然侧过了脸去。

嬴政俯视着平躺在嫪毐身边的母后，她的脸上仍是置天塌地陷而不顾的漠然，浮肿而又凹陷的双目中欲望的余烬依然在慢慢燃烧。岁月染白了她的头发，弄瘪了她的嘴唇，放松了她的双颊，在火光之下，显出无助者的孤绝和凄艳。"母后。"嬴政叫了一声，但没有回应。嬴政知道其实自己并没有叫出口。"儿子，你一定要让我死吗？"但母后的嘴唇紧闭着并没有启动。他的眼睛与她的眼睛久久地对视。

一声撕破肝胆的惨叫传出城堡，连勒口的战马也仰天发出压抑的嘶鸣。宝剑穿透锦裘大被，穿透嫪毐的下处，深深地插进了床体，一股黑血顺剑槽喷涌而上。在本该是那根雄壮的肉棍昂起的地方，冷冷地挺着一柄秦国代代相传的王者之剑的剑柄。

嬴政把火把掷入酒瓮，立刻有青绿色的火苗冲出圆颈形的瓮口。瓮中传出哭笑皆非的狂叫，仿佛一个专司心智与欲望的魔鬼在烈火中挣扎。嬴政解下大氅，给全身赤裸的母后紧紧裹上并把她平平抱起。当他抽回宝剑时，绿色的火焰已经引燃了帷幕、锦被和一切不可告人的隐秘。

火光将裹紧母后的那件大氅上的牡丹映得如同团团血渍，斑斓而艳美。嬴政不觉低头贴在母后的胸前，洗刷痛苦和屈辱的泪水从眼眶中冲决而下。他清楚地记得，自从那次在终南山的雪谷中被风呛出泪花以来，自己已经几乎有二十年没有流过眼泪了。

母后的身体依然漠然而冰凉。

十三

田光先生高隐的地方，其实就在燕市商业繁华区的左近。荆轲随那位青衣老仆一跨进田宅的院门，就嗅到一股带薄荷味的阴凉气息。院中曾有一个吟啸弹琴的草亭，但已多半歪塌下去了。废亭畔是一株极高大的梧桐，上面没有一只鸟，也没有一片树叶。绿色的地衣随意滋长着，浸上了树根与阶沿。阶沿上养着一大盆枝叶茂盛然而永远没有开过花的一品红。

田光先生在空荡荡的正房中屈膝而坐，面前一张案子上放着两碗豆汤，碧绿的汤色使人觉得潮湿的空气中长满了新鲜的菌类植物。田光先生非常客气地请荆轲在他对面坐下，他说："我是太老了，我已经不能沾酒，所以我没有酒待你。而且我的胃又有慢性炎症，大夫说也不能吃茶，所以我只能请你喝豆汤。"

田光先生双手平平地端起碗，做了一个请酒的动作。荆轲双手平平地端起碗，缠满白布条的右手轻微地颤了颤。荆轲一仰脖子，把豆汤全喝了下去，唇边没有沾上一粒汤汁。田光先生则只是将碗拿到嘴上喷了一下，又放还案上。

田光先生说："这豆是我自己在后园种的，水是从后园的古井中取的。我每天起床以后都要喝一碗豆汤，慢慢喝，咀嚼一些旧事。很多年了，我已经看不清书里在说些什么了。"

荆轲欠欠身，双手一拱，表示深深的敬意。

"你知道我为什么请你来吗？……本来是应该我去拜访你的，但我已经衰老得不成样子了，有一天恐怕我会突然连腿也抬不动了。"一滴大而晶莹的鼻涕在田光先生的鼻尖上悬吊着，他吸了一口长气，也没能把它吸进去。

"我感谢你的邀请，"荆轲说，"我想你见我受了伤，想为我敷一贴金创药吧。"

田光先生摇摇头："不，我除了一屋子霉烂的书卷，什么都没有。"荆轲笑笑："还有豆汤。""是的是的，"田光先生僵尸般的脸上泛起一点兴奋的红晕，"我请你喝豆汤，是因为我非常想成为你的一位朋友。"

"田光先生，我的朋友都是酒徒，你会受惊的。"

"你在拒绝我，年轻人。多年以前，我是泡在酒缸中过日子的人呢。"

荆轲笑而不语。田光先生将手按在案上想站起来，但试了三次都没有成功。他只好指指墙上挂的那柄长剑，请荆轲把它拿过来。

田光先生接过剑，握住剑柄往外抽，半晌方抽出一尺多长。剑身黯淡，隐约刻有简练而古奥的纹彩，斑斑点点的绿锈已使它变成了一件纯粹的装饰品。作为杀人御敌的武器，它已经废了。田光先生的眉头深深地皱起来，这使他的脸看起来也像沾满了锈迹。"这是一把上好的青铜剑，我年及弱冠的时候，祖父专门用重金寻了一位良匠为我锻造的。这剑到现在都还没有派上过一次用场，而我已经快不行了。宝剑当用不用，最后只有屈死匣中。唉，又何况人呢？"

荆轲低头看着那只空碗，默然不语。

十四

秦舞阳在三天之中换了三个美人。美人们在他身上耍尽了各种花招和绝技，但秦舞阳即便在吭哧吭哧的大喘气中，眼神也是一片迷惘。

后来在下雪的漳河边，秦舞阳回想起就是从离开那些美人去寻找荆轲起，坏心情就一直跟随着自己，就是喝酒杀人也再没有快活过。那天秋阳升得老高，明晃晃地照着人流熙攘的燕市大街，装饰着黄金珠玉的马车在宽阔的石板路上风驰电掣。秦赵两国的军队正在邯郸城下恶战不休，赵国和中山国的财主富商纷纷收拾好细软往北越过了燕南长城。燕都的勾栏瓦舍平添了许多灯红酒绿。秦舞阳从拥挤的人群中穿过，找遍了所有的楼堂馆所，但没有找到荆轲。

荆轲与田光先生远远看见金冠紫袍的盖聂公子一行人，正随着一个宦官昂然前往太子的东宫去。秋阳的余光穿过林子照到公子高贵的脸上，化成了一片深色的红晕，与他的紫袍浑然一体，渐行渐隐成了潦潦草草的几点墨渍。

十五

太子丹的周到与殷勤，使盖聂常挂在脸上的傲慢与嘲讽表情刹那间冰释了。太子丹亲自走到阶下把盖聂和他的随从引入大殿。盖聂估算着太子丹的年龄，对他微驼的背脊、鬓角隐隐的白发暗暗吃惊。盖聂是从酒池肉浪中搏杀过来的人，如果换一个场合，他肯定要对太子丹青黑的眼圈和浮肿的双颊报以会心的嘲笑了。但一位勤政、忧国、爱民的殿下使盖聂深受感动，那被风沙霜雪打磨得皮厚茧重的心竟冒出些酸汁来。

太子丹请盖聂在他对面坐下，四个缄口不语的黑衣人在盖聂身后绕成半个圆圈，太子丹又从后室搀扶出一位颤巍巍的老人，他一部白须与红润的脸膛相映成趣，显出睿智与平和。太子丹介绍说："这是我的老师鞠武先生，丹事之如父。"盖聂长揖到底，金冠上的朱红大缨潇洒地撒开了缨毛。盖聂说："殿下，我今天冒昧地来见你，是想为殿下干成一件大事情，洗刷秦王加于殿下的耻辱，也成全盖聂做一个青史上有名有姓的人物。"

太子丹正在用餐刀细心地肢解一只烤全羊。那把餐刀显系燕宫旧物，铸工精湛、纹彩华丽，但锋刃未开，这使太子丹动作起来很吃力。他微微一笑："秦王加给我什么耻辱了？我和秦王政儿时相识于邯郸，后来又以太子之身做人质于咸阳，与秦王相安无事，无所谓喜也无所谓恶。我因为故国之思不辞而别，也没见秦王发一兵一卒来追杀我呢！"

"但是还有什么样的羞辱比被别人忽略更为严重的呢，何况殿下贵为大燕国的太子？"此言一出，盖聂自觉唐突，但他稍一犹豫，继续朗声说道，"盖聂走遍天下，所到之处诸侯朝立夕灭，传国玉玺转卖于商贾闾巷，王子王孙形同乞丐，为君者诚不能全国，为民者诚不能全命。我们除了尊严、荣誉，就什么都没有了。"

太子丹把肢解下来的烤羊肉一份一份地端到鞠武、盖聂以及他的每一个随从的面前。但他不时抬头看看神色激昂的盖聂，表明他在认真地倾听。他问："那么我该怎样洗刷自己的耻辱呢？"

"杀掉秦王嬴政。"

当的一响，太子丹手中的餐刀掉在大理石的地面上，发出冰凉的声音。"对不起。"太子丹的脸上微微泛红。

盖聂的脸色则变得更加肃穆了。"恕我直言，以太子殿下的仁慈宽厚，今后必定是一位贤德的君主，但要担当乱世的大任，就必须牢记'你不杀人，人必杀你'的信条。"盖聂说到这里，觉得口腔中干燥至极，"请殿下赐我三件宝物：秦国叛将樊於期的头颅，自樊於期被殿下收留以后，秦王昭示天下，有献樊将军头者，赐金千斤、邑万家；燕国南界膏腴之地督亢的地图，自古'督亢熟，燕赵足'，这块地秦王日夜思之；从邯郸转卖到燕市的徐夫人匕首，削铁如泥，再淬以烈酒，见血封喉。——有这三件宝物，盖聂愿率壮士长驱入秦，咸阳宫中即便不能劫得秦王东归，亦可毙其于顷刻。"

久久地，太子丹的脸上浮出一丝困惑。"盖聂公子冒这血海般的风险，又希望能得到什么呢？"

"一个对手，和一份荣誉。"盖聂的双手一拱，狼腰笔挺，紫袍下滑，双眸熠熠生光。他身后坐成半圆的黑衣人一齐俯首，就像一片乌云托出一座峻秀的青峰。

太子丹拍拍手掌，几个宦官从内室捧出一小罐一小罐泥头色彩迥然不同的酒来，启开泥头后，扑鼻的异香立刻弥漫了整个殿堂。盖聂看见太子丹用一只玉勺逐一到每个酒罐中取酒，然后汇入一个铜盆，再将铜盆置于火炉上温着。混合的酒慢慢沸腾了，升起的白雾罩着太子丹的脸，高贵而又神秘。白雾散去之后，太子丹已将热酒斟满了一只只金爵。

"请！"太子丹双手平举金爵。

盖聂一仰脖子，爵干酒尽。

盖聂一行人出宫时，已是月淡星稀了，犀皮靴底敲打在秋夜的石板街面上，清越而又凄凉。盖聂自觉醉了，一座偌大的城市旋转着要把他吞噬下去。他走着走着，感到腹中有一盏油灯在炙烧着五脏六腑。他想起那只烤全羊，酥皮焦脆而白肉肥腻，不由喉头一滑，像有东西要吐出来，但咬紧牙关挺住了。他极力要保持住平日的丰仪，身子却不由自主地向黑暗倾斜下去。

就在这时，盖聂看见一个戴着红色面具的人已经到了跟前，他还嗅到一股狗血的腥味，一道白光从头顶劈了下来。盖聂伸手去挡，整条手臂立刻飞了出去。随即盖聂感到肚腹裂开了一道寒冷的口子，那盏烧得他痛苦不堪的油灯终于熄灭了。如果这时他还留有片刻的神智，他会听到那个戴面具者惊诧的一声："啊……"

盖聂的四个沉默寡言的黑衣随从一一栽倒在地，气绝身亡。雨点，滴滴答答地落了下来。

十六

盖聂离宫不久，鞠武也起身告辞。太子丹送到门口。一阵风吹来，挟着几片湿漉漉的树叶扑打到鞠武的脸上。"落雨了，太子殿下。"鞠武说。

太子丹嗯了一声："先生好像有什么心事要说？"

鞠武长吁了一口气，如风过耳："我的心事，也就是燕国百姓的心事。强秦虎踞西陲，人民众而士卒强，如果大军东出，则我长城以南、易水之北，易帜换主只在旦夕之间。何苦要以所谓被欺辱的怨恨，去倒拔巨龙的鳞甲呢？！"

鞠武顿了顿，声调变为切齿之音："那个盖聂是个无知狂妄之徒，居然把死要面子看得比社稷江山还要重。他今天的一派胡言，倘有一句传到秦王耳中，燕国的祸事就不远了。此人留在燕国一天，燕国就多一日之害。请殿下尽快打发他走吧。"

黑暗中太子丹似乎微笑了一下："这件事我已经办妥了，先生放心。"

鞠武点点头："太子殿下明察秋毫之末，这是燕国百姓的福气。秦王嬴政是蜂鼻长目、鸷膺豺声的暴君，他逼死仲父吕不韦，夷嫪毒三族，放逐亲母赵太后，是个敢冒天下之大不韪的煞星。我们对他应该小心更小心。我深知殿下仁爱多情，但收留樊於期，实在无异于抛羔羊于饿虎出入之径啊！"

这时候，太子丹笑出了声。"先生因为没有见过秦王，所以把秦王想得太可怕了。让我来告诉先生他是一个什么人吧。"太子丹双手剪在背后，俯视着烛影斑驳的湿台阶，仿佛看见秦王嬴政在他蔑视的目光中嗫嚅而退。"秦王嬴政是一个懦弱胆怯的可怜虫，一个长不大的大儿童。他没有朋友，没有母爱，甚至不能断定自己的生父到底是谁！他连年征战，杀人放火，既是任性撒野，也是虚张声势……"

鞠武打断了太子丹的话："为逞一时的意气，置国家利益于不顾，燕国就危如累卵了。在樊於期这件事上，请殿下听我一句话。"

"樊於期不能走。"太子丹的声音忽然变得森然，"留下樊於期的头还有大用处，不是虎食，就是鱼饵。"

一排雨点答答答疾射进鞠武的衣领，他感到后颈窝里一阵寒入骨髓的冰凉，竟半晌说不出话来。宫墙的某个角落响起了牛角号呜呜的声音。

太子丹的语气又恢复了平和："先生，父王委托你筹办的长老顾问院不知进展如何了，什么时候可以举行开院大典？这些经历过大风大浪的老先生，都是燕国的栋梁，有他们在，大燕就不动如山了。"

"所有的聘书业已发出，一切杂事也都料理停当了。"鞠武的心情慢慢好起来，"就是田光先生至今还没有表态。说到燕国的元老，真正有大勇大谋的并不多，田光算一个，他若不肯来，长老顾问院的成色可就差多了。"

太子丹心念一动："我很早就想结交田光先生，但他是个隐逸的高士，贸然访他恐怕有些不便。"

"什么隐逸，还不是读书人仕途蹭蹬装出来做做样子的。他迟迟不表态，无非是嫌长老院是个空架子。真要听说太子殿下想与他做朋友，怕立刻要高喊'士为知己者死'了。"说到这里，鞠武忽然脸上一红，庆幸在黑暗中不被人发现。

十七

荆轲随田光先生步入大燕国的王宫。几百株银杏静静地挺立着，金箔似的扇形叶片在缓缓滑落，地上的积叶色泽沉着厚实。荆轲觉得，这样的景致真是看上一百遍也不会厌倦的。

当那铜皮包扎的大门在身后咣当一声关上后，银杏林已在荆轲眼前气化成混沌的一大片了。一个人影忽然向他们跪下并膝行拢来时，他依然麻木地站着。田光先生和鞠武却也跪了下去。荆轲听到田光先生的全身关节都在发出咯吱吱干涩的声响。"太子殿下行此大礼，老朽无地容身。"田光先生的语调仍如往常一般没有起伏，但浑浊的老眼中有两盏烛火在幽幽地放光。

"燕国已经危在旦夕了。"太子丹抬起头来，已是满脸泪痕，"刚刚传来的消息说，秦军已经攻破了邯郸城，赵国举国投降。秦国大将王翦率数十万精兵北上中山，前锋已抵近易水南岸了。丹一叶障目，直到今天方访求到田光先生，丹虽愿以事父之礼事先生，日夜请教道德、学问，相商国事家事，奈何强秦虎视，燕国之存亡已在他反掌之间，恳求先生教我以急智。"说到这里，太子丹泣不成声了。

田光先生张了几次口，都没有能够说出话来。鞠武给他端来一爵热酒，他一饮而尽，很多年来第一次下肚的酒慢慢消解着他僵尸般的面容。"太子殿下一定听说过，日行千里的优骏，晚年尚且跑不过愚钝的驽马，而我已经非常非常老了。"

荆轲以为泪水马上就要从田光先生的眼窝中潜然而下，但他迅速恢复了平静。"不过我的朋友却是一位可以社稷相托的英雄，希望太子殿下能以国卿之礼待他。"

太子丹转向荆轲，一叩到底。荆轲这才发现自己还呆呆地立着，忙不迭地跪了下去。"荆轲是何等人，田光先生太抬举我了。"

太子丹定定地打量着荆轲。荆轲也定定地打量着太子丹，但他眼前总是挥之不去的遍地金叶，那些参天古木年复一年轮回生死的静美。

"邯郸城已经破了，"荆轲喃喃地念着，"尸相枕藉，血流成河……"银杏树梢的黄叶，终于又落在了大树的周围，变成丸泥，变成秋水，浸入土地，吮入根茎。荆轲感到掌心发热，渗出一层细细密密的汗粒。

"能够拯救燕国、拯救天下百姓的唯一办法，就是有一位像专诸、聂政、曹沫那样的英雄，深入不测之秦疆，"太子丹举起右臂，化掌为剑，目光炯炯，使荆轲眼前的幻象一扫而空，"劫得秦王生还，或斩其于顷刻。秦王一死，则秦国百万大军将成为无主虎狼，群雄纷纷割据自重，各自以山为城，以江河为池，以天下为沙场，再演百年逐鹿。而我正好合纵诸侯，乘其乱，养其精，蓄其锐，以铜墙铁壁之势从头收拾旧山河。"

"然后又当如何呢？"荆轲好像自言自语。

"然后么，"太子丹的声调激昂起来，荆轲以为他马上就要霍然而起了，但他终于控制住了自己，一动未动，"那时候我愿与荆卿共享天下。"太子丹的话变成了泪血之声，"倘若荆卿国殇，荆卿的子子孙孙将永葆一人之下、万人之上的尊荣。"

荆轲想了很久，才缓缓说道："太子殿下，田光先生今天身子特别不适，我想先送他回府休息。"

太子丹点点头，转向田光先生："先生为了国家，也应该爱惜自己。先生在一日，秦国不敢小觑燕国一天。"他紧紧握住田光先生枯枝似的手，"今日之事非同小可，望先生守口如瓶，慎之又慎。"

荆轲和田光先生转身出门，身后一声钝响，一直沉默不语的鞠武晕厥在地。

刮地而来的风把落叶一层一层托起，绕着光秃秃的树干向天空升去。荆轲和田光先生在黄叶的旋飞中走出宫门。回头望去，地上已看不到一片树叶，裸露出干燥而温暖的枯草。

扇状的金箔飘落在整个燕都蓟城的天空，宛如大祭之日抛向冥府的纸钱。万人空巷，门窗紧闭。荆轲和田光先生在白夜般的空城中走过了一条又一条的街巷。阳光透过游动的黄叶映射在他们身上，美丽而又凄迷。荆轲说："田光先生，这不是回家的路啊。"

"我已经无家可回了。我的家已经被蚁虫蛀蚀一空，轻得就像一片秋叶。"田光先生指着天空，天空中一个巨大的光轮旋转着升起来，"你瞧，我的家飞走了。"

田光先生的手紧攥住剑柄，几片风干的菊瓣被揉成了粉末。"我已经活得太久了，对我来说，明天总是要比今天糟糕得多。"一声干嘶嘶的响动过后，绿锈斑斓的青铜剑已经递到了颈边。荆轲伸手抓剑，但一只柴禾似的胳膊隔开了他。"太子殿下以一国百姓的性命相托，愿阁下不要推辞。"

荆轲冷冷一笑："先生要死，又难道不是太子的'嘱托'么？"田光先生不语，长剑往后使劲一抹，血却没有出来。田光先生仰面倒了下去。阳光灿烂的小巷中安宁得针落雷鸣。

几片黄叶落在田光先生的脸上。荆轲抬起头来，那怪异的光轮正擦着旋舞的叶片从容地向太阳驶去。它搅动的光环，将荆轲扯进了一个巨大旋涡的中心。

十八

一匹大汗淋漓的骏马拉着马车向南奔跑着。高渐离把筑匣紧抱在胸前，以阻挡越来越猛烈、越来越寒冷的秋风。他一身疼痛，双目赤红，仍不停地对车夫大叫"快！快！"，而车夫甚至比牲口更加疲惫，嘴里不断地向外喷着白沫。

当荆轲来与高渐离辞别的时候，高渐离正卧病在床。尽管一位行踪诡秘的大夫隔天来施行一次放血疗法，但他全身仍红肿得像一根红萝卜。荆轲站着与他说了几句话，告诉他已约好了燕国的勇士秦舞阳，不日登程。

高渐离暗暗估算着荆轲的行程，终于算成了一笔糊涂账。一天清晨，他忽然跌跌撞撞地挣扎起来，登上了马车。那些日子，渔阳来的客商正在燕市上向人叙说燕北雪花如席的壮观景象。高渐离吩咐往南。车一动，他就晕厥过去了。他在恍恍惚惚中时甚一时地感受到燕南大地萧瑟的气息。

一条长长的黑影在眼前疾闪而过，这是燕南长城最东的垛口。高渐离心房剧跳，到了！车轮碾在一块锐利的尖石上，伴随一阵干燥的炸裂声，马车翻转过来摔成了碎片。被解脱了的马与车夫横躺着，生死不明。高渐离从一片厚厚的枯草上挣起身子，毫不犹豫地向前走去。他已经嗅到了易水淡淡的腥味和浸入骨髓的冷气。

高渐离盲目地向前走着，他感到自己撞入了一个生命的寂地。他听到了易水从容不迫地流动，仿佛筑琴上一根哑弦的拨奏。无边无际的芦苇丛在西风中一齐匍匐，像十万旌旗猎猎飘动。高渐离摸索着攀上了河岸，他依稀看到几列盛装的人背对他屈膝而坐，他们身上黄金和宝石的饰带，刺得他的双眼痛苦不堪。他在人与人之间膝行着，停在了能够听到荆轲呼吸的地方。

远处的芦苇丛中，一只失群的孤雁在一次次徒劳地试飞。如果它真能鼓足余力飞上苍天，它会看到高渐离漆黑似炭的袍子凝成了那些杂色斑斓的人群中最沉着的色素。

高渐离摊开了筑匣，用无与伦比的准确指法握住了竹尺。他的心情变得同易水一样清冽起来。这时他听到了一个人用高贵而凄婉的声音开始说话。他想这人就是太子丹了。

太子丹说了许多代表燕国君臣、百姓感激荆轲的话，高渐离一句也没听清。太子丹后来拿出一个大盒子递给荆轲。太子丹说："这三件宝物前次已与荆卿谈过，荆卿虽再三不要，但我还是带来了，如虎添翼，荆卿成就这项大业可以万无一失了。"

高渐离听到荆轲的手掌在盒面上久久地摩挲着，叹息一声："其实这又是何苦呢？"

忽然"砰"的一响，空盒落水。漠然的河水从容而去。荆轲声音疲惫，吩咐秦舞阳把这些东西用麻布扎好塞进行囊。

接着是太子丹激动得哆嗦的声音："我日夜等待着荆卿凯旋。"

高渐离右手一挥，竹尺在弦上打出"铮"的一声裂帛之响。他看见眼前一个白点渐渐动了起来。白点越变越大，变成了一面展开的大纛，一片纯色的雪原，弥漫了高渐离最后的视觉。他明白，荆轲在匍匐的燕国贵族中站起来了，荆轲平舒双臂握住两掌飘忽不定的气流。秋风吹在他雪白的衣冠上，发出哗啦啦寂寞的回响。

燕国的贵族发出了低沉的合唱：

风萧萧兮易水寒
壮士一去兮不复还

高渐离左手戟张，往胸前愤怒地一拉，十三根弦一齐断开。十三声撕碎肝胆的弦声，被燕国贵族的合唱淹没了。

壮士一去兮不复还……

殷红的液汁从高渐离的盲目中泻出，和那片冷惨惨的白色浑然一体，化成了粉红色的大气。

一只孤雁鸣叫着，扑扑扑地拍打着芦苇丛开花的白头，逆西风飞入了寥廓霜天。

十九

荆轲慢慢睁开眼睛，发现自己已在漳河边那家客店的床上睡到了第三个黎明。浆洗过的被褥，发出河畔第一遍青草的气息。松软的长枕上，还留有一个圆坑。他翻身坐起来，却怎么也拼接不起梦中的残片。

雪融后的漳河两岸青草碧绿。春汛中的漳河水量大增，流速加快，水面反而呈现出淤滞的板状。荆轲沿河岸信步走着，邯郸城远远地衬在瓦蓝的天空下，就像社戏中的道具，一个无法接近的梦境。

那座三角六面的骷髅塔还倒立在陡峭的河岸上，底层的那个头颅已不堪重压而扭曲变了形。浩浩春风从蜂窝般的塔体穿过，发出排箫的呜咽。荆轲走过去俯身抱住塔身一提，塔底的头颅渐渐由扁还圆，空洞的双目中流出滴滴融雪，仿佛感激的泪水。

忽然背后有人大喊松手，荆轲一分神，双脚在青草地上滑倒，骷髅塔一斜，直往漳河中滚落下去。荆轲倒在地上静候着惊天动地的一声巨响。天地无声，一只乌鸦平舒双翅滑过河面。荆轲起身俯瞰河水，河水无知无觉地流着，无风也无浪。这时妇人的手掌已抵住了荆轲的后背。"我只要稍一用功，你就是千万骷髅中的一具了。"

"你不会的。"荆轲转过身来，双目中噙满了泪花，"我是你最后的儿子。"

"是的，我不会。"妇人叹息一声，双手移到荆轲的腰杆上。

荆轲含泪而笑："但我依然会变成一把白骨的。很多年以后，也许还会有人说起我的故事，那不过是他们在黑暗中的风闻罢了。"

妇人退后一步，在一方土台上站定。

"那么你是一定要去杀掉秦王嬴政了？"

她满头的青丝在一夜之间全部变白了，曾经白腻肥腴的脸上，眼泡和双颊绝望地耷拉着，看起来比田光先生还要衰竭和老迈。荆轲呆呆地望着她，这条排空了最后一个卵子的母鱼，一座白云缭绕的雪峰。

荆轲说："是的，我这就要去。"

"是为了太子丹吗？"

"噢，不。"

"为谁呢？"

"我曾经想得很清楚。但现在已经忘了。"

妇人掀开宽阔的黄袍，她玉柱般的身体已风干成皱纹密集的帛布。荆轲的胸膛中最后一次滚过烧伤般的灼痛。妇人取出一个麻布包扎的包袱："拿去吧，你的行囊。"

荆轲接过行囊，行囊上带着隔世的温暖。他顺着舒缓的斜坡看过去，一群黄莺逐着开满杂花的大树越飞越远。

黄昏时分，荆轲搭船往东斜渡漳河。

驶抵邺城附近，荆轲回首望去，邯郸城乡火光冲天，天空渗漏下红色的熔液，把地火越浇越烈。殿宇、房屋、人畜、耻辱、密谋、罪恶都变成了无穷无尽的灰蝶，旋转着、升腾着、飞舞着。荆轲想起了还没有来得及去看一看的赵武灵王丛台，在那里，赵武灵王首倡胡服骑射，把中原的战争推向了一个崭新的水准。荆轲确信，很多年后人们会在丛台旧址再造一座赝品的。

但此刻荆轲尚不能完全肯定，他看到的究竟是一场野火，还是一幅残阳夕照的废都风景。

二十

秦王嬴政这天早早地起了床，沐浴，更衣，熏香。他坐在四壁嵌有巨大铜镜的房子中央，让女马久久地为他梳理着头发。嬴政情绪饱满，心平似水。昨晚皓月当空，他让女马陪着，一手提着黄金大钺，一手握住竹片短剑，在御花园中演练了一回。不仅沉重的钺被舞得呼呼生风，而且竹剑也滞重得像一根又粗又呆的铜棒。他感到自己所有的关节已一一打通，灵台一片光明，贵为天下一尊的真义已溶入了全身的血脉。临睡前他照例将钺剑压入枕底，他看到狰狞的人面钺像神灵的笑靥，竹剑上的白蛇则双目流波，似要破剑腾空。那一夜，他睡得特别酣畅。

嬴政环视周遭，四壁铜镜同时反射出他重重叠叠的影像，一直延伸到遥远而又遥远的地方。他想到自己三十三岁的年龄，三三，这正是一组使人联想到无穷无尽的数字。他起身，让女马给他穿戴上光彩夺目的衣饰和冠冕。

"即使寡人立刻在这里倒下，寡人在这个世界上投下的意志也永远不会消亡。"他一手按住那把削铁如泥的宝剑的剑柄，一手把女马的头揽进怀里，在她皱纹细密的眼角和倦怠松弛的双颊上轻轻吻着，"你是寡人的另一面镜子，你时刻让寡人感到自己年轻，永远年轻。"

嬴政转身走出门去，一身悬佩的珠玉宝石发出叮叮当当的弦音。身后女马漠然而谦卑的目光，使他内心熨帖而昂然。他望到终南山的雪线在逐日上升，白色主峰在晴朗的天空下显得虚无缥缈。

嬴政披浴着三月的阳光，大踏步向正殿走去。沿途他看到一队队披甲的卫士正紧张地奔向树丛、长廊和每一个隐秘角落。他走着，走得浑身冰凉。他发现自己已被笼罩在一大团阴影之中。

嬴政抬起头来，他看到一个巨大的光轮正在他的头顶低低地盘旋着。嬴政仇恨地仰视着它，没有一丝惊慌，也没有一丝恐惧。他想到了那座椭圆形的废墟，他不相信它敢于在巫术的操纵下飞升起来，阻挡他的成长与前进。他确定自己看到的只不过是一个可笑的幻影，将永远不会有任何东西飞临自己的上空。他大踏步继续向前走着。光轮慢慢向太阳飞去，阴影越布越大，遮掩了整个宫殿群和咸阳城，最后消逝在强烈的阳光中。

嬴政终于走到了大殿，在他的王位上端然落座。李斯启奏："一切都准备妥当了。"嬴政矜持地点点头，不去多看那只巨鼻后的双眼里隐藏着什么复杂的意味。

向南的门一道一道地打开了。阳光卷着灰尘斜斜地投射进来，带着一种让人鼻孔发痒想打喷嚏的气息。在长戟锃亮的反光中，首先走进来的是中庶子蒙嘉，蒙嘉的身后，走着一个白衣长身的年轻人，双手托着一个麻布大包。

嬴政起初因为逆光一直看不清那年轻人的容貌，只觉得他一身衣冠和肌肤有如透明的奶液，他使嬴政感到了似曾相识的超然与冷漠。

年轻人得到特别的许可，一步步走过了阳光地段，走过了两排雕塑般的文武朝臣，一直走进嬴政身前的阴影。他上了最后一级台阶，把包袱平放在嬴政搁手的大案上。

嬴政诧异地看着那年轻人一步步走过来。如果不是他丧服般的白袍白帽以及双目中布满血丝的倦态，嬴政会以为自己正面对一面奇怪的镜子。年轻人在大案的右侧屈膝跪下，随即双手去解包袱。嬴政伸手一挡："慢，寡人有话问你。"

嬴政问他："你初入寡人宫中，有什么感觉吗？"

"我感到自己像刚在采石场被石匠们凿出来，一切都很新鲜。"

年轻人的镇定其实已在嬴政的预料之中，但那双似乎已洞悉了所有内情的眼睛，仍使他惊讶不已。他微微一笑，把那个话题撇到了一边。"孔夫子西游不入秦，因为秦是僻远蛮荒之邦。但现在一渡易水，你就已经踏上了秦国的疆域。四海之内，率土之滨，十分天下寡人已得九。告诉寡人，你一路西行，都看见了些什么。"

"我看见了包着黑头巾的人们在田野上秩序井然地劳作。到处是鸟语花香。无人掩埋的白骨已经腐烂并长出了青草。我一路都在寻找坑杀降卒十万或数十万的地方，但是已经没有人能够告诉我确切的位置。我感到寒冷和恐惧。"

嬴政没有想到这场谈话会如此有趣。他说："但是寡人看不出你有恐惧的神情。"

"真正的大恐惧是无处藏身的，你表现出什么样的神情都是无所谓的。"

"不要恐惧，寡人的战争就要结束了。"

嬴政对自己的天语纶音在庄严的殿堂中反复回荡感到满意。

"寡人一统天下之后，车同轨，书同文，每一个顺民都可以享受到和平与安宁。寡人不是一个行妇人之仁的人，但你已经看到了，寡人也并不是一个蜂鼻长目、鹘膺豺声的嗜血者。从周幽王之乱以来，五百年春秋五百年战争，寡人打了多少年仗？十年，寡人以十年阵痛偃息天下干戈，周定四极，赈济八荒。凡穿戴寡人大秦衣冠的百姓，顺寡人者都能丰衣足食。

感到恐惧的，只有亡国的贵族和阴谋不轨的懦夫。"

"大王的话句句都是实情。"白衣年轻人的眉宇间流出重重的忧虑，"但我所恐惧的，正是大王的恐惧。"

嬴政由惊愕转而为愤怒，他想立刻永远结束掉这场游戏式的对话。但骄傲和尊严反使他激昂起来。"寡人一统天下，天下就是寡人的铁桶江山。所有负隅顽抗的敌人将统统被消灭。一切有害人心的书统统烧掉。密谋造反者夷，造谣惑众者斩。世界上永远不会有超越寡人意志的意志。寡人又有什么恐惧可言？天尚不足畏，何况乎人？！"

"天尚不足畏，可畏的倒确实是人。大王一定听说过，'防民之口，甚于防川'。"

"河水再暴涨，也不可能从一个针眼中穿过。"

"是的，能从一个针眼中穿过的是一根头发。大王能使天下人敢怒不敢言，却不能使天下人不敢言又不敢怒。"

"敢怒者杀。想要寡人的这颗头颅，无异于挟泰山以超北海！"

年轻人叹息一声，似乎也对这样谈下去厌倦了。"我万里迢迢受人之托呈献给大王两件宝物，但愿大王能原谅我的鄙俗和冒昧。"他再次伸手去解包袱。

嬴政冷笑一声："你献什么宝物！寡人早已知道

你的真正用意。"

年轻人也笑了一笑，那是一种宽容的微笑。"其实我也早已知道大王要说这句话。"

"因为你知道寡人是一位明君。孙子云：故明君贤将，所以动而胜人，成功出于众者，先知也。"

"那么大王的意思，我做将军就一定是贤将了。但是我们到底谁成功了呢？"

"你抖包袱吧。"

年轻人解开包袱，取出一颗用生石灰腌干的头颅。

"樊於期，"嬴政面无表情地说了一句，"天下叛逆者的榜样。"

年轻人继而从包袱中取一简长卷，他右手按住切口，左手向西徐徐推开。

嬴政漠然地看着年轻人那只五指纤细优雅如葱节的手缓缓地舒展着长卷，长卷太长太长，嬴政仿佛已经熬过了十年战争。

年轻人的眼中也是一片漠然。当他的左手终于伸展到长卷的尽头时，嬴政一声清啸，长剑出手，手中一股青锋刚刚逼到年轻人的胸口。

"图穷匕首见！"嬴政舒心地笑了，"勇敢的刺客，你输了。"

宏伟的殿堂内一片喧哗。文武百官的朝服和靴底的摩擦声汇成嘈嘈切切的乱响。

年轻人摇了摇头，左右手仍执拗地叉在大案上，长长地张开双臂，像一个无法拒绝的"请"字——

在那卷缓缓展开的燕国南界的肥沃版图上，最终现出的并非见血封喉的徐夫人匕首，而是那柄嬴政夜夜不离枕下的竹片短剑。竹剑上镌刻的白蛇，昨晚曾跃跃欲飞，此刻却冻僵似的蜷成一团，如同一个古怪的嘲笑。

嬴政定定地看着年轻人左掌的五指，五指如葱平静地放在竹剑的边上。嬴政面无表情地沉默着。细密的冷汗从后颈顺着脊椎渗透出来，沿腿向下漫浸。

阳光从宫殿的每一扇门窗退了出去。阴寒的潮水来回冲击着朝廷。嬴政听得见自己的心跳和黄色帷幄后刀斧手的呼吸。百花盛开的园子里传来那种让他想入非非的甜腥味。他瞥了一眼陛台下的李斯，李斯的眼睛躲在蝙蝠似的巨鼻后完全看不见了。

嬴政在心底恨恨地咒骂了一句。在此后他十七年的生命里，他一直回忆不起自己当时到底骂的是什么。他右手一送，剑尖无声地刺破了年轻人的白袍白衣，插进了胸膛。

那年轻人对嬴政最后微笑了一下，他的脸白皙得赛过宫中最美丽的女人。他用优雅的双掌握住了剑身，他以虚弱而坚定的声音告诉嬴政："我来就是为了向大王证明这件事的。"

"证明什么呢？……"嬴政冷淡的声音像呢喃自语。

年轻人似乎还想说什么，但微微凹陷的眼窝中，坚定的眸子正升起薄薄的雾翳。他犹豫了一下，双掌往回一推，长剑穿透了自己的身子。

年轻人的头轻轻地搁在案角上。嬴政松开剑柄，久久地注视着年轻人的鲜血顺着洞穿白袍的剑槽剑尖寂寞地往下滴，直到滴尽了最后一滴血。

二十一

公元一九九四年，陕西临潼秦始皇陵兵马俑二号坑开始了举世瞩目的发掘工程。据未经证实的消息，二号坑中发现了两具完整的骷髅。经碳14测定，他们的时代与年龄同秦始皇相当。一位不愿透露姓名的考古专家说，他们是两个真正的无家可归者，流浪汉。他们绕着秦始皇的帝国走了一圈又一圈，以为自己已经走得很远很远，却在一个月黑风高的夜晚误入了正在掩埋中的陪葬坑，和秦俑大军一道随秦始皇去阴曹地府征战。

这位考古专家还援引其他有关学者的话说，一具

骷髅令人奇怪地显示出地中海气候影响的特征，另一
具骷髅的牙床脱落，仍隐约透出忧郁的杀气。

1994年，成都猛追湾

四则记忆

（代跋）

一

卞先生的原型，源自一本旧书，名为《我认识的××》。当时我在念中学，却正值书荒年代，就到处去借书、访书。进了邻居、同学的家门，但凡看见一本书，抓起来就读，无论好坏，囫囵吞枣了再说。消化、反刍，或者回味，可能要等很久，甚至十年、二十年，还不止。

记忆中，《我认识的××》，封面是灰白的，没图案，仅有一行书名。而且没印出版社，属非正式出版物。但，不是私人盗印，更不是手抄本。这类书，当时出了一些，似乎有个统一称呼，叫作"内部读物"。机关单位、机关干部家，多少会有一两本。

我已记不得是从哪儿弄到这本书的。读了之后，觉得很神秘、很好奇，却又很不过瘾。之后，我一直

留意 ××。只要是有关他的记载，都有兴趣读一读。不过，能找到的，并不多。

我于是在脑子里构想 ×× 的故事，他的容貌举止，他的诡异遁去，以及他对生的迷恋。渐渐地，卞先生浮现了出来。但卞先生和 ×× 已经不是同一个人。说卞先生的原型是 ××，也不够准确。或许，正确的表述，应该是：×× 乃触发我写这篇小说的头一个灵感。

写这篇小说时，我到大学任教还不久。

校园在东郊的狮子山上。树林、教学楼、宿舍楼，散落在绵延起伏的坡地上。墙外，是田野、菜畦、柑橘园、桃林，还有成昆铁路。再望远一点，可见横亘两三百里的龙泉山脉。

我的住所，在南墙内一幢很旧的红砖楼上。上课铃声传过来，已然模糊。而墙外农家的说笑声、犬吠声，却清晰可闻。偶尔，一声尖锐的火车鸣笛后，四周都陷入大的寂静。我就是在大的寂静中，写着《一日长于百年》。

写得极慢。写累了，去校园里走一走。很多师生都还不认识，坡地的盘陀道也给人新鲜感、陌生感。陌生感带来了距离，我喜欢距离，觉得松弛、安宁，而且安全。有时候，夜晚我也在校园里盘桓，嗅到桂花的香味，看月亮从树梢升起，觉得活着真是奇迹。

飞来了几只马蜂，在我卧室窗户的左上角筑巢。我觉得可笑，天下之大，怎么会选这么个光滑的角角呢？我倒是没有惊慌，隔了玻璃窗、钢纱窗，马蜂再狠，也伤不到人。

每天，我写一阵小说，就会去看看马蜂。马蜂越来越多，几只变成了一群，巢也有拳头大了。再后来，巢到底筑成了，几乎有篮球大，在窗户角上粘着、悬着，很好看，也很危险，似乎随时会被一阵风吹落。但始终都没有。蜂子在巢里飞进飞出，悠然地，透过玻璃与我对视，像看老熟人。

这篇小说写了几个月。马蜂窝与我比邻而居，相安无事。我观察马蜂，觉得有趣。马蜂也会停在巢边，打量我，似乎觉得我也有趣。日子冗长，时间无限，有时会觉得，活着也真是无聊，无边无际。

第二年五月，《一日长于百年》发表了。七月，我和红砖楼的住户都搬离了。红砖楼被拆毁，夷为平地。马蜂去了哪儿，谁也不晓得。也没有人问过。

二

最初读到的《鲁迅小说选》，也属内部读物。不过，封面多了他的一帧图片，极瘦而严峻、倔强。那时候，我还在念小学，鲁迅的作品，读来有点懵懂。印象深的是《风波》，因为里边写的几件道具，感觉很好耍，譬如，赵七爷穿的宝蓝色竹布长衫，七斤的象牙嘴白铜斗六尺多长的湘妃竹烟管，以及钉了十六个铜钉的饭碗，等等。至于一根辫子跟国运巨变的关系，我不是很有兴趣。

一九九二年四月，我买了一套《鲁迅全集》，把他的所有小说重读了一遍，很是叹服。也读了一些他跟人打笔仗的杂文。不打笔仗，不带火气，写得超然、峭拔而又切实有力的，是《中国小说史略》。《魏晋风度及文章与药及酒之关系》，有智有趣，我也喜欢。

后来，又读了不少关于鲁迅的回忆和传记。感觉到，他的内心，尤其在晚年，充满了矛盾。他写了许多尖锐的文章，疲惫而又矍铄地挑战和应战，尤其是那篇被认为是绝笔的《死》，他说："我也一个都不宽恕。"为自己的内心塑了一面坚硬的壳，壳上写着"恨"。然而，即便是他亲口所说、亲手所写，我也以为这不是真相。

我曾经很想写一篇关于鲁迅的评论，谈他的生死爱憎。为此，搜集、阅读了相关材料，作了笔记，写了提纲，积攒的素材和气力，足够把这篇评论写成一篇很长的长文。

但最终，我写成了小说。因为，面对一个庞大而复杂的生命个体时，评论是乏力的。评论总是要给出结论的，然而，我找不到结论。

理性不能言说的地方，叙事是最好的选择。我想用小说，让这个入土为安的巨人，重现鲜活的生命。即便是生命的最后一夜。

"'我把你们一个个都宽恕了。'这是他对世人说出的最后一句话。然而，他们没有听清楚……"我也许写了一篇违背鲁迅本意的小说？

大约二十年前的夏天，我旁听了一个座谈会。主角是当年的高考状元，以及他们的班主任，还有几位教育专家、媒体从业者。班主任在介绍了教学经验后，状元发言。文科状元是个女孩，沉默了片刻，似乎在忍住什么，但终于没忍住，一开口就哭了。她哭道："我不懂，为什么要让我们读鲁迅？读都读不懂……为什么还要读？"

我吃了一惊。与会者的反应，我已忘记了。我虽吃惊，但也沉默着。我能说什么？直到今天，女状元哭着说出的话，还不时回响在我耳朵边。

三

我读过的书中，复读次数最多的，是《水浒传》。它的前七十回，我大概读了百遍。

我儿时先看的是《水浒传》连环画，上了瘾，然后找的原著读。连环画中，我最喜欢的是花荣。他在《清风寨》中亮相，少年英气，五官精致、细腻，且箭法如神，跟鲁智深、李逵这一路好汉，大为不同。唯一的遗憾是，他虽有娇妻，却只是个符号。在这点上，他又跟多数好汉很相似，活像禁欲主义者。

花荣绰号小李广。因为这个绰号，我才晓得史上有李广这个人。到可以懵懂读《史记》时，我马上挑了《李将军列传》，磕磕绊绊读了几遍。后来，还熟读了两句唐诗："平明寻白羽，没在石棱中。"说李广夜醉，看石为虎，一箭射去，竟把箭射入了大石里。

李广自然比花荣更厉害。他不仅是神箭手，且是个好将军。他跟匈奴人打了一辈子仗，匈奴人谈之色变。可见，他的英武和将才，都堪称卓异，显名于长城南北。

可他也比较走霉运，不得志。所以，王勃这八个字才传诵了一千多年，被认可、被叹息："冯唐易老，李广难封。"

何以会如此？谁也说不明白。说是命吧，这自然是对的，可也很有点敷衍，等于没有说。

我也没有答案。只是多读了几本书之后，发现李广这个人，活得很个人。这句话的意思，可以这么来理解，他的活法，最终在于自己的感受。可能起初是克制的、有所把控的，但到了把控不住的时候，也就他妈的豁出去了。他一度解甲归田，因为狩猎晚归，被小小的霸陵尉羞辱。之后他再度披挂为将，就把霸陵尉诱至军中，一刀砍了脑袋。"死灰复燃"的韩安国，"胯下之辱"的韩信，得志后都能够宽容施辱者，相比起来，李广的气量算是小的了。但，这种小，也是李广的真性情。因为这种真性情，他虽不得志，却也活出了一个青史留名的人生。

《李将军》发表后，有朋友读了对我感叹说："写得还是不错的。不过，比起《衣冠似雪》，咋就多了几分颓气呢？"

写《李将军》时，我三十八岁，写颓气似乎是早了些。不过，颓气的确是有的。但，除了颓气，也还有热气，有暖融融的黑羔皮毯子，还有袍子下炭火般滚烫、鱼一样光滑的身体。这是给一个孤独英雄的慰藉。他和她相互的慰藉。

顺带提一笔，《李将军》中有个算命先生叫王朔。有人说："这是在影射某人么？"自然不是的。《史记·李将军列传》中，的确出现了一个预测吉凶祸福的先生，就叫作王朔。在这儿，纯属于写实。

四

一九九四年一月，我开始撰写《衣冠似雪》。这是我的第一篇小说，也是朋友间的一个约定：如果写砸了，就封笔，安心读别人的小说。

写谁呢？我脑子里一下蹦出的名字，就是荆轲。我是历史系的逃兵，但逃了多年，还是藕断丝连。写小说，逃不掉的，还是历史小说。

我晓得荆轲的名字，源于"文化大革命"中的"批林批孔"、"评法批儒"。荆轲的形象是个小丑，他企图通过行刺嬴政来阻挡历史的进程，结果自取灭亡。这比螳臂当车还要可耻、可悲、可怜、可笑也（此处借用一个中学同学的作文）。尽管如此，我还是佩服荆轲胆子够大，不怕死；刺杀的场面也惊心动魄。

在历史系念大一时，有位室友去省展览馆看了画展回来，对我说："有幅画荆轲的，你可能会喜欢，去看看吧。"我于是就去了。展厅里挂满了画，我一一看过去，看到荆轲，果然心头一动。画的不是图穷匕见的一刻，没有抓扯、厮杀，是很静态的画面：易水告别。燕国的贵族跪倒在荆轲的脚下，而荆轲仰头看着秋水长天、两行大雁。他的脸色是苍白的，没什么表情。

这幅画我至今记忆犹新。它从视觉上颠覆了我之前所知的荆轲。后来，我读了《史记·刺客列传》。里边讲了好几个刺客的故事，个个都很动人。但最让我感觉滋味难言的，还是荆轲。

此后好多年，我一直在脑子里营造自己的荆轲。譬如，看了电影《敦煌》中佐藤浩市饰演的赵行德，我就会想，荆轲是否也这么看似敏感、脆弱，却又持有与他人迥异的见识？他是士，通音律，知诗文。不是壮汉、莽汉，也不是受恩即报的屠狗之辈。

《衣冠似雪》动笔时，正值天寒地冻。书桌下放了只四百瓦的红外线烤火炉，脚板暖了，则一身都比较舒服了。我有时候写到半夜；有时候后半夜起来，写到天亮。写不出来时，就抽烟，一支接一支。小书房里烟雾弥漫，呛得人流泪。于是就开了窗户通风、换气。冷风吹进来，凛冽刺骨。只好马上关窗。如此循环往复，弄得心烦，索性把烟戒了。世上的作家，因写作而嗜烟者，比比皆是。因写作戒烟的，估计少之又少，我居然算一个。这也是奇了。

《衣冠似雪》是我唯一用纸笔完成的小说，手稿至今保留着。用钢笔写在报馆的稿签纸上，每页三百格，页脚印了淡绿色的报社名字。我写字不善巧劲，很费力，写完一页，就手骨酸痛。好在写得慢，一天写不了多少字。有一天上午，我从稿纸上抬起头，看见窗外正在飘雪花。雪花不大，但密密的，漫天飞舞。我觉得很欢喜，仿佛雪花是从我小说中生长出来的。

写到春暖了，一稿完成，有五万字。二稿下来，删了几千字。三稿又删了几千字。后来请一位做工程师的老同学帮我录入电脑、打印出来，匀整得就像已经发表了。素衣白袍、超然淡漠的荆轲，就活在这些文字中。他是先秦的最后一个著名刺客。一个失败的刺客。一个可能被误读了的刺客。

一九九八年，我的小说集《衣冠似雪》出版时，秦晋老师为这本书写了一篇后记。他说：

> 在《衣冠似雪》中，叙述者并不是站在燕国或者太子丹的立场上，把秦王嬴政仅仅看成是一个简单的暴君，荆轲也不是为报答太子丹知遇之恩而慷慨赴难的壮士，太子丹更不是礼贤下士、宽厚仁爱的志士，他们都比人们已经习惯认同的性格角色复杂得多。

我赞同和感谢秦晋老师的阐释。作为一个写作者，我总是拙于分析自己的小说。当朋友问到《衣冠似雪》

的主旨时，我常借用小说中的一段对话来回答。或者说，避而不答。

　　"那么你是一定要去杀掉秦王嬴政了？"

　　[……]

　　荆轲说："是的，我这就要去。"

　　"是为了太子丹吗？"

　　"噢，不。"

　　"为谁呢？"

　　"我曾经想得很清楚。但现在已经忘了。"

　　《衣冠似雪》之后，我写了《如梦令》，故事为李清照南渡。那是我用电脑完成的第一篇小说。

2024年2月28日，成都江安河岸

图书在版编目（CIP）数据

夜行者：从荆轲到铸剑 / 何大草著.--上海：上海社会科学院出版社，2024.--ISBN 978-7-5520-4449-2

Ⅰ.Ⅰ247.5

中国国家版本馆 CIP 数据核字第 20243L45L2 号

夜行者：从荆轲到铸剑

著　　者：何大草
责任编辑：刘欢欣　包纯睿
书籍设计：左　旋
出版发行：上海社会科学院出版社
　　　　　上海顺昌路 622 号　邮编：200025
　　　　　电话总机：021-63315947　销售热线：021-53063735
　　　　　https://cbs.sass.org.cn　E-mail：sassp@sassp.cn
照　　排：重庆樾诚文化传媒有限公司
印　　刷：上海盛通时代印刷有限公司
开　　本：787 毫米 × 1092 毫米　1/32
印　　张：6.25
字　　数：106 千
版　　次：2024 年 9 月第 1 版　2024 年 9 月第 1 次印刷

ISBN 978-7-5520-4449-2/I·536　　　　　　　　定价：52.00 元

《一日长于百年》发表于《十月》2002年第3期

后收入《2002中国中篇小说年选》（花城出版社，2003年）

《鲁迅先生安魂曲》发表于《山花》2005年第9期

原题"献给鲁迅先生一首安魂曲"

后收入《2005年中国短篇小说经典》（山东文艺出版社，2006年）

《李将军》发表于《人民文学》2001年第7期

《衣冠似雪》发表于《人民文学》1995年第1期

后收入小说集《衣冠似雪》（百花文艺出版社，1998年）